文本的秘密

秘密

香港文學
作品析論

王良和———

著

匯智出版

責任編輯：羅國洪

封面設計：陳曦成

文本的秘密——香港文學作品析論

王良和　著

出　　版：匯智出版有限公司

香港九龍尖沙咀赫德道2A首邦行8樓803室

電話：2390 0605　　傳真：2142 3161

網址：http://www.ip.com.hk

發　　行：香港聯合書刊物流有限公司

香港新界大埔汀麗路36號中華商務印刷大廈3字樓

電話：2150 2100　　傳真：2407 3062

印　　刷：陽光(彩美)印刷公司

版　　次：2019年9月初版

國際書號：978-988-79783-1-2

目 錄

堅實與脆弱
——析西西的〈碗〉

眼睛的漫遊
——讀梁秉鈞三首街道詩

故事新編與內在真實
——析劉以鬯的〈蜘蛛精〉

如山韞玉，如玉含光
——論黃國彬的「聖光心理定勢」兼析〈聽陳蕾士的琴箏〉

淒美而不可解
——試解鍾偉民的〈蝴蝶結〉

生與死的色彩
——析胡燕青〈彩店〉

堅實與脆弱
——析西西的〈碗〉

一、引言

在香港文學界，西西（張彥，1938- ）的低調是出了名的，她絕少參與評獎、演講，也鮮見領獎、出席公開的文學活動。除了素葉同仁，一般香港作家很少見到西西，甚至是「很艱難才約到西西」[1]。有些書刊的編者，更有意無意塑造「神秘的西西」[2]的形象。西西閱讀視野極廣，作品創新之餘，有頗重的書卷氣，創作靈感往往源於對香港這個地方的人情物事的關懷、時事新聞、旅遊經驗，尤其是閱讀文字、圖片和欣賞藝術品時的感受、思考，在想像上變形，拉遠小說與自身的距離，容易讓讀者直接連繫文本與作者本人關係的小說不多。

一般讀者多視小說為「虛構」，閱讀焦點放在小說的文本多於小說與作家的關係，甚至認為小說發表了，詮釋權歸讀者，作者已死，而讀者是上帝。西西卻沒有忽視小說文本的創造者——小說家。她在〈天使〉中說：

1　黃念欣、董啟章：〈在空調咖啡廳內訪問熱愛陽光的西西〉，《講話文章：訪問、閱讀十位香港作家》（香港：三人出版社，1996），頁204。

2　黃念欣、董啟章：《講話文章：訪問、閱讀十位香港作家》，頁210。

自從有了新批評、解釋學、接受美學這些東西，當作者的可慘了，他們像一個個盧斯迪那樣被追殺。大夥兒只讀小說，推翻小說家，說甚麼作者根本不是作品的詮釋者；作者創造了文本，文本就脫離了作者，按照自足的生命存在。於是大家研究文字呀、語言呀、符號呀、意指呀、意符呀、用電腦分析一個文本中有多少相同的字等等，等等。[3]

西西引用艾力・當諾・赫施（Eric Donald Hirsch, Jr., 1928-）《解釋的有效性》（Validity in Interpretation）中區分「含義」和「意義」的不同，[4] 以捍衛本文作者的原意，並戲謔地說：「阿里路亞，作者又復活了。」[5] 她在另一篇文章中說：「我是相信『作者論』的，相信把人和作品結合起來看。」[6]

在西西的小說中，讓我總是想到作家與本人關係的，是早期的短篇〈碗〉。西西與好友何福仁對談時，談到〈碗〉和〈煎鍋〉，說「我比較喜歡〈碗〉」[7]，更明言〈碗〉這篇小說「也個人一些」[8]，點出了〈碗〉和西西本人近距離的關係。〈碗〉

3　西西：《畫／話本》（台北：洪範書店，1995），頁 40。

4　西西說：「含義存在作者用一系列符號所要表達的要件中；而意義則是指含義與某個人、某個系統、某個情境與某個完全任意的事物之間的關係。本文的含義是確定的，不變的；本文的意義則處於變動的歷史演變之中。前者的權利，歸還作者；後者，則屬於廣大不同的讀者。」《畫／話本》，頁 40。

5　西西：〈盒子〉，《畫／話本》，頁 43。

6　西西／何福仁：《時間的話題——對話集》（香港：素葉出版社，1995），頁 172。

7　《時間的話題——對話集》，頁 170。

8　《時間的話題——對話集》，頁 170。

怎樣「個人一些」？隨着閱讀角度的變化，「含義」之外，讀者又可以看到哪些深蘊於語表下的「意義」？本文擬深入分析〈碗〉的人物形象、內心世界、隱喻、象徵、意象、性別議題、敍事手法、沉重與輕逸，揭示小說豐富的意涵，並窺探〈碗〉與小說家西西的關係。

二、余美麗的人物形象與內心世界

〈碗〉約二千字，收入西西在台灣出版的第一部小說集《像我這樣的一個女子》中。全文只有四段，以第一人稱敍述貫徹整個敍事，卻不像一般的小說直線發展；而採 ABAB 式的交叉敍述，即第一、三段的敍述者是同一個人──余美麗；第二、四段的敍述者是另一個人──葉蓁蓁。一、三、四段各五百餘字，只有第二段略多於三百。西西以簡潔的四段獨白，交代了兩個主角不同的買碗理由，並塑造了二人具對比關係的形象，透視其內心世界。而獨白，正是讀者了解人物心理、思想、性格的窗口。

小說第一段以「我在街上遇見葉蓁蓁」開局，接着描寫「我」（余美麗）「眼中」葉蓁蓁的衣著和形象：

> 她穿着一條那種許多人都穿的藍色牛仔褲，一件紅紅綠綠小格子的棉布襯衫，頭髮亂蓬蓬地，好像一堆稻草。

視覺首先接觸人和物的表象，街上遇見舊同學而及於她的衣著，原是尋常而自然的一筆；但觀看的焦點往往反映觀看者

的意識，「許多人都穿」，意味在余美麗的意識裏，葉蓁蓁的衣著普通，沒有特色，「頭髮亂蓬蓬地，好像一堆稻草」更明顯流露了嫌惡的感覺——感到對方不重視自己的外在形象，頭髮缺乏修飾。如果說這只是一瞥的印象，則接下去寫余美麗在回憶中搜索葉蓁蓁（「上次看見她」）的形象，仍停留在衣著上，更用到「不外」帶有輕視意味的詞語形容她的襯衫；顯然是作者有意探挖、暴露余美麗某一個性的側面：只着眼於「外表」——觀「人」如此，觀「物」亦然。所以後文寫她要買一套「綠釉粉彩芙蝶的餐具」，不是出於實用、需要，而是為了在家中請客，可以「配」繡粉荷花的餐桌布、新的象牙筷子，在「家」中營造「美麗」的、外表好看的「春天」。

第三段承接第一段，明線進一步塑造余美麗的人物形象，揭示其價值觀；暗線寫葉蓁蓁辭去教師的職業，提早退休。余美麗是個怎樣的人？儘管西西對於她的背景沒有多言和明說，但人物的行為、思想意識、生活品味、物質要求交互折射，還是可以讓人具體感知她的階級背景、生活追求、價值觀——具有大學或以上的學位，是個經濟獨立、生活優裕的專業人士；生活在華洋雜處的城市，身邊的朋友多好用洋名、有能力移民、事業有成。而她，平日喜歡和朋友談論插花、鑽石、地產、股票，對婦解、社會責任、經濟形勢又十分留意；女兒學跳芭蕾舞、彈鋼琴。合而觀之，余美麗可說是香港上流社會某種典型的闊太形象。她總是喜歡和別人比較，意識深處卻是學歷、社會地位、經濟能力（社會上主流價值觀）的比對，產生優於別人的自驕與自滿；在領中

學畢業文憑時，看見同學林真華穿了全套師範的校服上台鞠躬，頭抬得老高，就輕視地想：「不過是師範罷了。」這種心態進而使她居高臨下，把自己的價值觀套在別人身上：

> 我想：一個人如果不工作是會成為社會的寄生蟲的。現代的婦女是應該培養自己獨立經濟的能力的。一個人沒有一份月入超過五千元港幣薪酬的入息是沒有安全感的。既然進入師範受過專業的師資訓練而不把才能貢獻給社會是辜負了社會的培養以及浪費納稅人的金錢的。在一個通貨膨脹情況如此劇烈的社會中放棄一份不錯的職業是神智不健全的。不愛工作的人是懶惰的，是逃避責任的，是不愛社會、不愛人類、不合作、不合羣的，是自私的。

作者刻意以葉蓁蓁和余美麗作雙向的「對比鏡像」。上引的一段文字，通過余美麗如何觀照「葉蓁蓁」這個人（尤其是知道她提早退休而激發的種種批評），讓讀者觀照「余美麗」這個人，可說是螳螂捕蟬，黃雀在後。一連九個「的」字句，部分更刻意拉長和截短，加強語勢逼出「憤憤不平」的語態，既可想見為「我」在「龍門陣」上的滔滔發言，也可理解為「我」沒有完全公開的心底話。從語句內容的前後安排和不斷加強的語勢看，余美麗對舊同學葉蓁蓁提早退休，由個人與社會、性別與經濟能力、安全感的不解，到浪費納稅人的金錢的不滿，再到神智不健全的譏諷，終而把「罪名」上升至不愛社會、不愛人類，情緒近乎歇斯底里的失控與憤慨。此一安排，以及大量運用「是……的」的判斷句，顯示

主流社會極為尖銳的價值觀，如何透入余美麗的骨髓，使個人在判斷上視為「必然」，而排拒不同的「選擇」。一連串意識中「無名火起」、失控的批評，其實正反映余美麗心靈的異化、扭曲。細察一、三段不起眼的內容信息，關心「婦解」的余美麗，竟落入父權社會的主流觀點和對女性的既定觀照：女孩子應該優雅、端莊、文靜，不可踢足球。所以余美麗說：

> 如果今天晚上法蘭素花告訴我她在學校裏踢了足球，我可得想想辦法。不過，法蘭素花一定不會踢足球，她會很乖地學芭蕾舞。

這些獨白信息，讓讀者隱隱感到，個體在社交活動、羣體生活、商業和經濟環境、文化氛圍、意識形態的重重包圍中，價值觀如何在不知不覺間被陶塑或改變、心靈如何落入某種無形而扭曲人性的枷鎖。引人深思的一筆見諸第一段，余美麗和巢榛榛在同一所中學唸書時，常一起踢足球：

> 以前一起在學校裏讀書，每天見面，連星期日還一羣人回到學校去踢足球，也不知是誰發起的，女孩子為甚麼不可以踢足球，就踢了起來。

誰發起的？西西沒有明確交代，讀者大概會推想是葉榛榛。這一筆之所以重要，是因為揭開了余美麗唸中學時並不抗拒自己（女孩子）踢足球，而且是常在星期天回校和同學一起踢；這就暗示余美麗日後的轉變，極有可能是離開了學校環境，投身社會後，受到社會價值觀、對女性既定觀念

的影響而改變的，因此，第三段就對此加以放大、揭示。關注婦解的女性，仍然無法從父權社會對女性既定的觀照中解放出來，更反過來在「培育」下一代的過程中予以鞏固、強化，可見「小我」在社會「大環境」的柔性濡染中，難免從眾隨俗，受到感染；此一小說中有意味的「空白」，其實含義深遠，值得深思。

三、葉蓁蓁的人物形象與內心世界

作者在第二段介紹另一主角葉蓁蓁出場，一開始就聚焦於敘述她買碗一事：「從動植物公園下來，我想起我可以去買一隻碗。」此一起句，和第四段的起句「今天，我到動植物公園去看動植物」，形成平行對稱的關係，可解讀為同一角色在某一天的時間線上所作的先後事情。讀者甚至可以視第二段的開端為第四段結束的承接，只不過作了交叉和逆向的排列。而第二段的結句：「當我去買碗的時候，我在街上遇見我中學時候的同學余美麗。」又和第一段的起句「我在街上遇見葉蓁蓁」，形成平行對稱的關係。種種平行對稱在交叉敘述的結構中，設置了讓讀者整理線索、理清關係、推進理解的「路標」。

相對於余美麗重視「外表」的美麗、沉溺於追求物質生活；葉蓁蓁生活簡樸，對物質的要求很低，不着重外表，而着重事物的實用功能，從她買碗的要求——隨便一隻粗碗就行——可以具體感知。她雖然在城市中生活，卻喜歡親近動植物，對大自然有更深的感應。這種情感上的傾向，使不懂

養金魚的她，經過小地攤時，就順着內心的喜好，「不知如何忽然買了一條金魚，提着塑膠袋口的橡皮筋走回家」，引發日後扔碗、買碗的事情。買魚對葉蓁蓁情感傾向的暗示，到了第四段全面放大──寫葉蓁蓁提早退休後到動植物公園看動植物的「感受」與「所得」，並曲折交代她選擇提早退休的原因。作者沒有在這一段文字中，明確說這是葉蓁蓁提早退休後的生活，卻在段首埋下時間和感覺上的暗示線索：

> 這個公園我以前來過許多次，總是覺得它又小又窄，但今天，我的感覺有點不同。我在園內停留了許多時光，我可以緩慢而仔細地觀看一根草一朵花、一頭鳥的彩羽。

公園沒變，為甚麼葉蓁蓁「以前」覺得它又窄又小，「今天」的感覺卻有點不同？顯然，作者暗示公園在葉蓁蓁的感覺裏變得闊大，這是人的內心感覺轉變了，影響了對事物的觀感；而這又和她退休後生活和心境「閒」下來有關。這段文字兩度出現「緩慢」、「緩緩」的字眼，意味她不必像余美麗「趁現在還有點時間」爭分奪秒辦事，而能讓自己的眼睛從容流轉於外部世界，讓美麗、多姿多彩的事物通過視覺和各種感官進入內心，像陽光潤澤萬物，潤澤自己的生命。「天氣很晴，陽光暖暖地照在我的背上，太陽以它熾烈的針灸甦醒我冬眠過似的骨骼」，「針灸」、「甦醒」，意味陽光、自然對肉體的「治療」，同時暗示城市人的「病態」。葉蓁蓁選擇提早退休，是要忠於自己對生命和生活價值的取向，好好利用「自由自主」的光陰，做自己想做而又喜歡做的事情：一

方面要走進鮮活的自然環境、生活現場，細意觀察事物，感受萬事萬物「奇異」的姿彩和美；一方面要多看書，更要以生活上立體而真切的觀察體驗印證、補充書本上的知識。葉蓁蓁喜歡看書，但不以獲得書本上的知識為滿足，她在公園觀察鸚鵡倒轉身體喝水龍頭滴下的水，此一立體的觀察體驗，是在地理雜誌上看過的相類圖片（平面觀察）所不能比擬的；還有認知上對「漂馬」的誤解，也要在現實環境真切的觀察中得以糾正，進而「發現」每一事物都有其「獨特」之處。譬如兩頭美洲虎雖然都滿身斑點，卻不是豹；雖然都有一張四方臉，可其中一頭卻是「國字臉」。葉蓁蓁兩度以「原來」擴大、修正「我以為」的先見，又以「第一次看見」顯出「發現」的喜悅。在這些小節中，我們看到提早退休的「教師」，其實仍在書本和生活中用眼睛、用心靈「學習」，以知性和感性的學習體會養智、養心、養神，豐富自己的生命。

比〈碗〉早四年（1976 年）創作的小說〈阿髮的店〉，已透露了西西這種心向：

> 每個星期一的早晨，阿髮讓店休息，帶着一本圖畫冊子到有草的地方去。阿髮祇有一本書，是一本關於草的書，裏邊有所有草族的表記和草們各自的性格。當阿髮發現一莖奇異的草時，她會把圖畫冊子翻開，好知道草的名字。但這不過是一個開始罷了，一個人並不能夠依靠一本書去認識草。每個星期一的早晨，阿髮去把草們找着，看季節如何從落葉間顯現出來，而更重要的是，阿髮要了解的，

> 是一莖草對生命所持的態度，祇有通過長時期的觀
> 察，也許必須這樣，才可以真正地結識草。[9]

「一個人並不能夠依靠一本書去認識草」、「對生命所持的態度」、「長時期的觀察」、「各自的性格」，正是西西對書本、生活、事物、生命、個性諸種關係的「思考鏈」，她認識到其中的局限、互補、印證等關係，同時明白要選擇怎樣的生活才能成就自己所重視的生命價值。余美麗以金錢掛帥、視金錢可以增加安全感的價值觀，在葉蓁蓁的內心世界中並無重量；甚至那些冠冕堂皇、被政府和教育界大力張揚、閃閃生輝而發揮「權力」的價值觀，像「貢獻社會」、「愛工作」、「責任」、「愛社會」、「愛人類」、「合作」、「合羣」等，即使反過來變成撻伐的「武器」，也沒有改變葉蓁蓁對生命本質、生活態度的理解與個人選擇。她「一面吃一個乾硬的麵包，一面看一本書」，不重物質享受而重精神享受，退休後比以前看了更多書。小說這樣結尾：

> 四周的樹都有它們自己的名字，有一片樹葉落在我
> 的頭上，我從它的模樣尋找到它的母親，伊的名字
> 是七星楓，伊使我抬起頭來，向高處看，向遠處
> 看。我仰望樹，仰望天空，我看見了沒有翅膀但會
> 飛翔的雲層。

「有一片樹葉落在我的頭上」，文本互涉，使人想到蘋果落在牛頓（Isaac Newton, 1643-1727）頭上，引發牛頓沉思而發

9　西西：《母魚》（台北：洪範書店，1996），頁12。

現萬有引力的傳說。無論是蘋果還是樹葉掉落，被引力吸向地下，人與物都受到這種引力的牽制、限制；曲徑通幽，這在象徵層上正接通了余美麗被虛榮和物慾牽引、制約的處境。相對於蘋果，「樹葉落在我的頭上」作了輕化的處理，而西西的逆向思維，不把葉蓁蓁的目光引向樹葉的落點——大地，卻反過來向高處看，向遠處看，「仰望樹」，「仰望天空」。「自然」引領人「抬起頭來」仰望，不是「欲窮千里目，更上一層樓」的「目標為本」——要人看得高看得遠，培養世俗所謂的遠大的目光；而是要人張開心眼，看到局限中的廣大與自由，讓不為物慾拘牽的心靈在大開的精神世界中自由飛翔：「我看見了沒有翅膀但會飛翔的雲層。」西西與何福仁談「飛行」時說：「飛行，從這個角度說，是一種精神自由的境界，人類歷久而常新的嚮往，不會因為真懂得借助飛行器而再無須這種追求。」[10]「又小又窄」的公園，不能拘圍廣大的精神世界，相對於各種「價值」，西西顯然更重視個體精神與性靈的自由富足。

　　第三和第四段的文字風格明顯不同，前者越到段尾，語速加快，語勢加強，敘述者的情緒近乎失控，暗示其心靈扭曲；後者語速緩慢，語調從容，語言詩化，暗示敘述者具有閒適的心境與詩人、藝術家般的心靈——寧靜致遠。〈碗〉能做到小說語言人物化，收到一定的效果。此外，兩個主角，一個不斷以外在的標準、價值觀作為個人行事、評斷人事物的參照；一個不理會別人的看法、不與人比較，活在自

---

10 《時間的話題——對話集》，頁 42。

己的心靈世界中。是以作者在首段安排余美麗遇見葉蓁蓁後，即不斷寫她對葉蓁蓁的觀感；卻在第三段以「我在街上遇見我中學時候的同學余美麗」收結，暗示葉蓁蓁不評斷余美麗的生活態度，也不拿余美麗和自己或任何人作比較。

四、碗、金魚、小蟲：隱喻和象徵

小說以兩個主角買碗相遇為情節線，更以「碗」為題，可見碗是小說中最重要的意象。余美麗的碗和葉蓁蓁的碗，「品質」不同，各具不同的特點和象徵。

余美麗買碗，是因為家中那套「極淡雅」的蘭花草米通青瓷餐具，有一隻湯碗不小心打碎了，配來配去只找到一隻次貨，碗底並不是端端正正的景德鎮，卻是個阮玉。在余美麗眼中，這隻次貨「也不知是甚麼東西」。為了下星期請客體面，她寧願買一套新的綠釉粉彩芙蝶的餐具招待客人，也不用微有瑕疵、雜了一件不是名牌的舊餐具，即使那品牌的名字僅僅印在碗底，未必有人注意。湯碗「打碎」而不是打破，象徵余美麗這種注重外表、追求物質的生活其實極為「脆弱」。

至於葉蓁蓁，她買碗不是因為失手把碗打碎；相反，她的碗用了許多年，「樣子很笨」，卻有「厚」、「重」的品質，「亂碰亂撞也沒有打破」。「碎」與「破」，一字之差，隱含深意。顯然，這隻碗象徵葉蓁蓁重視實用的簡樸生活非常「堅實」。而「脆弱」與「堅實」，乃就人的內心生活、性靈而言。既然葉蓁蓁的碗如此堅實，為甚麼還要買碗？因為她買回來

養在飯碗裏的金魚，暴吃小蟲死了，她不敢再用那碗盛飯，也沒有在碗裏栽上一棵仙人掌，而把碗扔掉了，這就是她買碗的原因。金魚的「魚」，諧音「余」，影射「余美麗」。金魚不知饜足暴食致死，暗示余美麗無饜足地追求物慾會戕害性靈、生命。所以作者兩度點出「翻白肚皮的金魚」，讓讀者注視吃撐而死的金魚的「翻白肚皮」。在葉蓁蓁的眼裏，「飯碗裏浮着那條翻白肚皮的金魚，還有一羣沒給魚吃掉的小蟲在到處闖」，金魚可怕的死狀，羣蟲在屍邊亂闖亂舞亂鑽的可怖姿態，成了心中的陰影。小蟲象徵「物慾」，就算金魚暴食致死，小蟲仍會在空碗中亂闖，招誘「攝食者」。葉蓁蓁把盛過死金魚的碗扔掉，意味她拒絕這種不知饜足追求物慾、戕害性靈的生活。在她的感覺裏，這樣的「碗」，連具有頑強生命力的仙人掌都不能栽種其中，只能扔掉──即使自己如何檢樸，如何喜歡自然。

盛過金魚的碗，還有另一層隱喻──過去，不少香港人把公務員、教師的職業喻為「金飯碗」，[11] 不但薪高、糧準、假期多、福利好，而且有保障，能予人「安全感」。所以余美麗難以理解葉蓁蓁的抉擇：「在一個通貨膨脹情況如此劇烈的社會中放棄一份不錯的職業是神智不健全的。」葉蓁蓁辭去教職，提早退休，不啻是把「金飯碗」扔掉；而扔掉養過「金」魚的飯碗，為後文葉蓁蓁辭去教席一事佈下隱喻層的伏線。

11　何福仁與西西對談時，點出了〈碗〉的此一指涉：「香港官立學校的教職，一向就有『金飯碗』的說法，把金魚養在碗裏是多麼扭曲自然哩。」《時間的話題──對話集》，頁 174。

五、花與葉：人物形象與植物意象

　　小說第一段寫余美麗對餐具的追求、觀感，和由此反映的心理、思想，出現了不少花的意象：蘭花草米通青瓷、繡粉荷花的餐桌布、紫羅蘭，連余美麗的女兒，都叫「法蘭素花」。顯然，西西用襯托手法，暗地裏建構余美麗「花」的形象。第一段結尾，余美麗說開了的花才美麗，而「美麗」正是她的名字，人與花更明顯連上關係：「要是露台上紫的白的玫瑰紅的紫羅蘭都開了花，才美麗哩。」這與另一主角葉蓁蓁的「葉」，形成花、葉的對照。而西西在第四段的收結，即全文的結尾，作了對稱的安排：「有一片樹葉落在我的頭上。」樹葉落在葉蓁蓁的頭上，「姓」之外，「樹葉」亦連上了人，進一步暗示葉蓁蓁「葉」的形象。花顯葉隱，花張揚而葉含蓄，作者一顯一隱的表現手法，與兩個人物的形象、性格高度契合。有意味的是，余美麗家中並沒有真正的花，那些花，不是瓷器上的圖案，就是布上的刺繡，或洋名上有音而無形的「花」，多是用來作裝飾，並不是真正的花，沒有生命。就是露台上的紫羅蘭，儘管花的顏色或紫或白或玫瑰紅，可都未開花。她「必須」到公司去看的綠釉粉彩芙蝶餐具，「芙」，諧音「富」，有吉祥寓意；顏色豔麗的芙蝶，可與眾花交相輝映。加上「那套新的象牙筷子」，由這些高雅貴重的事物「配來配去」配出來、供她想像的「春天」，其實都沒有生氣，只具「花開富貴」的「裝飾」功能，裝飾她的家，裝飾她的審美心理，裝飾她的虛榮心。屬於余美麗的春天靜態而封閉，沒有春天應有的生氣、溫暖、動感、熱鬧，

因為她的春天，都是刻意「裝飾」、「配」出來的。

相對於余美麗這朵「花」，葉蓁蓁這片「葉」內斂得多。名字上，西西已作了這樣的暗示。余美麗，「我美麗」，美麗詞義一眼看穿，「浮」於「表面」，暗示這個人看人看物着眼表面的美麗，缺乏深度；而葉蓁蓁的「蓁」，解作草葉茂盛，暗示葉蓁蓁儘管像葉一樣，不及花美麗，不及花起眼，但枝繁葉茂，樸素自然，充滿生命力。在余美麗眼中，葉蓁蓁「頭髮亂蓬蓬地，好像一堆稻草」、「露出曬得很黑的手臂」，這看似缺乏女性端整優雅、肌膚白皙的形象，其實正反映葉蓁蓁的生命力和健康色彩。葉蓁蓁，典出《詩經‧桃夭》：

> 桃之夭夭，灼灼其華，之子于歸，宜其室家。
> 桃之夭夭，有蕡其實，之子于歸，宜其家室。
> 桃之夭夭，其葉蓁蓁，之子于歸，宜其家人。

文本互涉，出嫁新娘花一樣灼灼鮮明的美，與「頭髮亂蓬蓬地，好像一堆稻草」的形象疊合，立時讓讀者「看」到另一個光彩動人、內涵豐富的葉蓁蓁。這無寧是穿過外表所看到的心靈形象：繁花盛開、果實纍纍、枝葉茂盛。而葉蓁蓁和植物的關係，從她的名字以及和《詩經‧桃夭》的指涉關係，可以看出。她本身就是有生命、會生長的植物。相對於余美麗虛假的春天，她的春天就在戶外的動植物公園，那裏有太陽的溫暖、噴水池和水龍頭的水聲、花草的姿態、鳥的彩羽、葉飄落、雲飛翔。在這裏，春天不須花錢買回來做裝飾；人，其實很容易走進春天的懷裏。

六、一個女人和飯碗：隱含的性別議題

西西作為女性小說家，筆下的小說，常或明或暗流露敏感的性別意識，例如〈像我這樣的一個女子〉、〈感冒〉、〈母魚〉、《哀悼乳房》。〈碗〉可以導向性別意識的探討，因為「碗」不僅是吃飯的工具，更是職業、謀生手段的隱喻，而職業、謀生手段，與小說中出諸余美麗「現代的婦女是應該培養自己獨立經濟的能力的」的觀點，有聯結之處。

尤有意味的，是西西與何福仁對談時，談到〈碗〉，連上了性別與謀生：

> 中國人說「碗」，外國人說「pan」，我們讀小學時英文教科書第一課是「A man and a pan」，一個男人和飯碗；第二課是「A hen and an egg」，雞和雞蛋。這種選材令人想到因果微妙的關係。[12]

「一個男人和飯碗」的因果微妙關係，在於過去的中國社會，男主外，女主內——因為男人要出外謀生，所以「飯碗」就成為男人的問題；而女人，往往把美好生活、個人幸福寄託於婚姻，寄託於掙錢養家的丈夫，是以有些家庭主婦視丈夫為「米飯班主」。現代的婦女，要有獨立經濟的能力，「飯碗」也就不再是男人面對的問題；〈碗〉潛藏着的性別議題是：一個女人和飯碗。

---

12 《時間的話題——對話集》，頁 174。

西西〈碗〉插圖
（Coney Leung 作品，轉載自《字花》80 期「西西時間」）

　　從這個角度回過頭來看兩個主角打破的碗，就可以感知西西意有所指的安排。余美麗打破的是「湯碗」而不是「飯碗」，因為像這樣具有獨立經濟能力的女性，「吃飯」不是問題；而葉蓁蓁，她的飯碗本來是「亂碰亂撞也沒打破」的，可她為了碗裏的死魚陰影，有了自己的思考和選擇——拒絕生命被「飯碗」馴養、困鎖，並且警惕暴「吃」致死的人生，而寧願「扔掉」自己的「金飯碗」（提早退休），另作可以更好地護養、豐富精神生命的追求。

　　其實小說的開局，余美麗以自下而上的視點描述葉蓁蓁的外表和衣著，視點首先落在葉的「藍色牛仔褲」上，接著她回憶上次看見葉蓁蓁，目光和意識仍是一而再的先落在「藍色牛仔褲」上，已隱藏了一個性別議題。在西方，一個世紀之前，裙子代表女性，長褲代表男性，仍是性別上的二分標籤。從穿裙子到穿褲子，是女性爭取解放的歷史進程。牛仔褲在二十世紀五、六十年代，逐漸由「男性」衣著過渡向「中性」衣著；「無性別」差異，更是牛仔褲在時尚舞台上經久不衰的原因之一。[13] 被女性整潔、優雅、端莊、嫻靜的既定形象制約的余美麗，看見葉蓁蓁，感到「礙眼」而特別招引她目光的，是她不像女性，甚至帶點「男性化」的衣著和形象——「藍色牛仔褲」、「紅紅綠綠小格子的棉布襯衫」、「亂蓬蓬」像一堆稻草的頭髮；這就反映了作為女性的余美麗，其實站在整潔、優雅、端莊、嫻靜的女性性別界線內

13　參看萬青：〈衣著時尚是一種深刻的社會文化——從牛仔褲來看性別權力關係的變遷〉，《淮南師範學院學報》（2006 年第 5 期），頁 51。

觀照同性。此一性別議題在後文「女孩子為甚麼不可以踢足球」，以及「法蘭素花一定不會踢足球，她會很乖地學芭蕾舞」的碰撞中，浮上了語表──「足球」是男孩子的；「芭蕾舞」是女孩子的。

另一個不顯眼的指涉性別議題的信息，是余美麗在第一段的獨白中，談到自己時，首先提供的信息是「結婚」：「上次碰見葉蓁蓁，是許多年前的事了吧，那時候，我還沒有結婚」，然後是由未婚到工作到結婚到生兒育女：「剛出來做事不久，她說她在教書。現在，我女兒法蘭素花也已經七歲。」余美麗在獨白中首先交代，要葉蓁蓁和讀者知道的，是自己走上了女性「結婚─生育」的道路。第三段又以余美麗在獨白中說「韓仙子嫁了去夏威夷」，在女性婚嫁的支線上再補一筆。

中國的成語，總是用花的美形容女性，像「如花似玉」、「如花美眷」、「花容月貌」、「花樣年華」，突出、強化女性嬌柔的美麗形象。余美麗是「花」，可女性不一定是「花」；社會文化中常用來形容男性的「葉」，成了手臂曬得很黑、「頭髮亂蓬蓬地，好像一堆稻草」的「葉」蓁蓁這位女性的人物意象。而這個名字典出《詩經・桃夭》，〈桃夭〉為祝賀新娘出嫁的頌歌；西西為葉蓁蓁取這個名字時，不可能不知道，而女子婚嫁一線，也不能不納入相關意涵的思考。比〈碗〉後一年多寫成的短篇〈感冒〉，寫「我」到了三十二歲，礙於家庭和社會對女性遲遲未婚的壓力，而與自己不愛的人訂親以至結婚，心中充滿疑問、陰鬱和哀愁，對女性必要走婚姻之路提出了質疑。文中引用了《詩經・桃夭》的兩句詩

作文本互涉，正是「葉蓁蓁」名字出典的那兩句：

> 秋涼之後，我就要結婚了。（桃之夭夭，其葉蓁
> 蓁。）我和我的未婚夫訂了婚，差不多將近一年的
> 時間，因為我們已經訂了婚這麼一段日子，所以，
> 我們的家長都認為我們應該結婚了。[14]

西西在〈碗〉中，刻意以葉蓁蓁的名字配應人物的獨身選擇
（儘管小說中無明確交代），顛覆了典故的婚姻、出嫁指向。

西西曾經這樣談到女子的時間、女權主義：

> 法國的克利斯特娃（J. Kristeva）寫過篇著名文章談
> 女子的時間，托麗‧莫依（Toril Moi）拿來分析女
> 權主義經歷的三個階段：第一，是要求進入男性的
> 象徵秩序；爭取的是平等、自由。第二，拋棄這種
> 象徵秩序，而強調差異，表揚女性的特徵，這是激
> 進的女權主義時間。第三，反對男女形而上的二分
> 法：這是克利斯特娃自己的追求，她拒絕性別標籤
> 的劃分。三種時間可以平行發展、交錯重疊。英美
> 的女權時間和法國的並不一樣，中國女子的呢？[15]

小說第一段，余美麗在獨白裏回憶中學時候「也不知是誰發
起的，女孩子為甚麼不可以踢足球，就踢了起來」，可歸於
「要求進入男性的象徵秩序；爭取的是平等、自由」；而西西

---

14 西西：《像我這樣的一個女子》（台北：洪範書店，1984），頁 137。
15 《時間的話題——對話集》，頁 104。

刻意描寫葉蓁蓁這個人物的中性衣著，塑造其中性形象，可視為對「男女形而上的二分法」的消解，「拒絕性別標籤的劃分」。

西西帶有鮮明性別意識的小説，往往質疑「婚姻」是女性唯一出路的觀點。此一議題在〈碗〉中雖然不是焦點；但余美麗首先訴説自己走上了女性「結婚—生育」道路的信息，在葉蓁蓁兩段相對應的獨白中，卻成了有意味的「空白」。而「空白」，正是「讀者想像的催化劑，促使他補充被隱藏的內容」[16]。

七、交叉敍述：獨白與對話

何福仁和西西對談，談到〈碗〉時，他説特別留意形式與內容的關係：

> 我讀〈碗〉和〈煎鍋〉時想到，這種結構是否需要，是否為形式而形式。我的答案是：都是結合內容的。兩個小説都採用獨白方式，然而同中有異，〈碗〉裏的兩位人物，同一起點，在一起讀書，甚至一起踢球，可是走向不同的路，對所謂「社會責任和經濟形勢」抱持不同的態度；她們重遇，又再分手。的確分得很開，不但是空間的距離而已。她們是「交而不通」，所以宜乎各説各話的，兩種獨白交

16　伊瑟爾：《閲讀行為》(長沙：湖南文藝出版社，1991)，頁 249-250。

替出現，是對比，有矛盾有衝突，這就有戲劇性，
這是傳統小說裏的「話分兩頭」，一如電影裏的平行
蒙太奇。[17]

我讀這篇小說，同樣思考交叉敍述的模式與內容的關
係。分析了這篇小說的人物形象、內心世界、隱喻、象徵、
意象、性別議題，我想回過頭來討論〈碗〉的敍事手法。

我首先運用「製造變異」的策略，嘗試不採原文 ABAB
的敍述模式，而以一般小說常用的時間先後線軸重排四段文
字，看看效果有甚麼不同。原文第四段的開端「今天，我到
動植物公園去看動植物」，與原文第二段的開端「從動植物
公園下來，我想起我可以去買一隻碗」，雖然有理由讓讀者
推想是葉蓁蓁在同一天所做的先後事情，卻沒有必然如此的
讀法，因為讀者也可理解為是相似事件在不同時間的切割與
拼貼。但西西在兩段文字的開端作如此明顯的平行對稱與
呼應，明顯引導讀者注意事情的連續關係。於是，我嘗試假
定第四段與第二段所寫的內容，為葉蓁蓁在同一天所做的先
後事情，而據事情發生的先後重排各段的次序：四 → 二 →
一 → 三。這樣，一、二段的敍述者統一為葉蓁蓁，三、四
段的敍述者統一為余美麗。而第二段結尾「當我去買碗的時
候，我在街上遇見我中學時候的同學余美麗」，與第三段的
開端「我在街上遇見葉蓁蓁」，承和轉都變得相當自然、明
顯，容易為讀者把握，原文的突兀、錯位感覺消失了。另一
方面，全文變成以葉蓁蓁到動植物公園看動植物開局，以余

---

17 《時間的話題——對話集》，頁 173。

美麗一連串批評葉蓁蓁的話收結,「碗」的主線模糊了,各段內容的意涵、隱含的信息和深意,都因為缺乏尖銳的對照而弱化,而處於開首與結束這兩個重要位置的信息,不像原作「醒目」,能有力托出主題,而改動後的結尾,更在最重要的關鍵位置,失去了原文引人深思、讓人神往的詩意和餘韻。毫無疑問,原文採 ABAB 的交叉敘述,效果的確最好。

或許,我們還可以利用敘事學的理論來檢視〈碗〉的敘述手法。論文不一定要套用理論,但面對運用了複雜敘述手法的小說,在敘事學精細理論的放大鏡幫助下,有助窺探隱而不顯的信息、線索、層次與結構關係。

我們先從敘述者(narrator)和敘述接受者(narratee)的關係檢視〈碗〉的敘事手法。〈碗〉第一、三段的敘述者是余美麗,第二、四段的敘述者是葉蓁蓁,每一段都是一個角色的內心獨白。「第一人稱敘事文中同敘述者的內心獨白」,「敘述者也可以同時是敘述接受者」。[18] 換言之,在〈碗〉這篇小說中,每一段作為敘述者的聽眾的,首先是敘述者自己。但由於各段以 ABAB 的形式編排,交錯地呈現兩個角色的內心獨白,則那些內心獨白具有「對話性」,就不難理解了。 按巴赫金(Mikhail Mikhailovich Bakhtin, 1895-1975)的「對話理論」,「對話性是對話向獨白、向非對話形式滲透的現象,它使非對白的形式,具有了對話的『同意或反對關係、肯定和補充關係、問和答的關係』」[19]。細察各段內容,

18　胡亞敏:《敘事學》(武漢:華中師範大學出版社,1998),頁 56。

19　董小英:《再登巴比倫塔——巴赫金與對話理論》(北京:生活‧讀書‧新知三聯書店,1994),頁 7。

可知第一、二段是一組對話關係，對話的焦點是余美麗和葉蓁蓁彼此不同的買碗理由和由此呈示的對待物質生活的要求和態度；第三、四段是一組對話關係，對話的焦點是由葉蓁蓁提早退休引發的批評和回應，呈示的是對生命和生活價值取向的選擇。兩組對話並非封閉而獨立，而是互有補充。可以說，〈碗〉的對話關係，由余美麗這位敘述者挑起，余是發球者；而葉蓁蓁則因應余的發言，組織對話材料的內容、詳略、先後次序，作為回應，葉是接球者，又在接球的過程中發球。如是者，余接球又發球，葉再接球，形成 ABAB 的對話關係。

我們如何窺探這種關係呢？先看第一組對話，第二段連標點，只有三百二十餘字，和第一段的五百六十餘字，少了約二百五十字。〈碗〉一、三、四段的文字，字數相若，只有第二段明顯較少。從第二段的內容看，葉蓁蓁回應余美麗的，只是買碗的理由，她不像余美麗着眼於對方的衣著和外在形象，就是這一部分空白，不作平行的回應，而使第二段少了二、三百字，以「我在街上遇見我中學時候的同學余美麗」結束，意識沒有流向余美麗。這就暗示葉蓁蓁的意識和余美麗不同，余的過去、現在、外表、婚姻、家庭生活，葉並不在意。這反映葉對人觀照重點的不同，不喜歡和別人比較，也反映葉對余更為疏離，心理的距離更遠。作為第二段的敘述者，與自我對話之外，葉蓁蓁其實更自覺以第一段的敘述者余美麗作為敘述接受者，對話的語氣看似平靜，其實頗為「尖銳」。她以「隨便一隻粗碗就行」，以回應余美麗執着「景德鎮」的名牌、念念不忘那套「綠釉粉彩芙蝶的

餐具」；以自己的碗厚重、「亂碰亂撞」也打不「破」，以回應余美麗「不小心」就把自己的湯碗打「碎」了；以金魚暴食致死，暗地裏「提醒」余美麗無饜足地追求物慾對性靈的戕害；更以「這就是我所以想要買一隻碗的原因」這種像要向誰交代的表述方式，明明白白向隱含的敘述接受者——余美麗——說出自己相異的買碗理由。

第二組對話，葉蓁蓁描述自己提早退休後如何享受悠閒但充實、在書本和生活中「學習」知識以豐富生命、精神得以超越狹小的空間在廣大的世界中飛翔的生活體驗和感受，以此回應余美麗的批評。比較明顯的回應，是在描寫陽光的文字中，突然插入一句評說：「陽光延續地照在草地上，上午與下午之間並沒有分界」，在自然裏，無所謂上午、下午的分界，那是人為的劃分，以此回應余美麗種種出於「成心」的看法、對人對物的抑揚——余美麗是帶着成見、偏見觀人觀物；葉蓁蓁則不帶成見、偏見，抱着謙卑的心懷去觀察、認識事物。焦點以外也有散開的光點，需要在對比與襯托中發現。例如第三段開局，余美麗刻意說「咪咪在聯合國當了個甚麼文書」、「杜家姊妹一家全移民去了加拿大，韓仙子嫁了去夏威夷」，以此突顯某些同學生活空間、世界的寬廣；葉蓁蓁則以心靈世界的「高」、「遠」、「飛翔」作回應。余美麗在第三段談到「插花」的話題，葉蓁蓁則在第四段，說自己在公園裏認識到玫瑰有不同的奇異的名字——顏色盒子、和平、支加哥，同時以此回應余美麗在第一段的獨白——只能從外在色彩籠統地描述「紫的白的玫瑰紅的紫羅蘭」所顯示的認知的貧乏。而在觀察動物的過程中，葉蓁蓁以「原

來」、「我以為……原來」的方式，表示觀看平面、知識局限會帶來認知上的偏狹與誤解，暗地裏回應余美麗僅憑「沒有教書」、「也沒有再做別的工作」的聽來的信息，便對自己大肆批評的「『以為』之見」。最有意味的回應與對話，十分隱蔽，葉蓁蓁閒閒的一句：「我想我是快樂的。」第四段只拋出這一句「是……的」判斷句，四兩撥千斤，不着意不着力地輕輕「出手」，以接應余美麗連用九個「是……的」判斷句的「重拳」。「是快樂的」尤其和余美麗最後一個批評「是自私的」平行對稱，柔綿綿地碰撞。我們彷彿聽到葉蓁蓁輕聲問余美麗：你擁有那麼多，你快樂嗎？

最後想說的是，原文交叉敍述的排列次序不能移動，還因為第四段在文體風格上的突變所產生的深刻暗示。余美麗請客，只想着怎樣擺出體面、名貴而美麗的餐具，完全沒有想到「人」；她與舊同學、朋友相聚，擺龍門陣，社會大事、個人興趣、是是非非地聊，可讀者也沒有感到人與人相聚的「人情」。只有第四段，文體風格突變，葉蓁蓁在觀看動植物的過程中，心與目隨物同遊，人對事事物物有感覺、有發現、有喜悅、有珍惜，沒有寫人，卻沒有無人相伴的孤獨，物物有情，一草一木，一隻喝水的鸚鵡彷彿都是朋友；而在葉蓁蓁的眼中、感覺裏，自然界的事物就像人一樣，甚至有人倫關係：「有一片樹葉落在我的頭上，我從它的模樣尋找到它的母親，伊的名字是七星楓」，「母親」、「伊」的用詞在此處的意涵和予人的感覺，很難不引發讀者的聯想，特別是比照前文有人而無人氣的片斷——如此描寫人與自然、有情味、有感覺的文字，前後對照，是否暗示城市人，對人

對物，因物質化、裝飾化、功利化、偽價值化而缺乏了應有的感覺？西西在〈外面〉一文中，指出人與其站在一面鏡子裏探問「我是誰，我是誰」，不如「且到外面去，看一個其實也有很多花的野外，及一片也有很多飛鳥的藍天」[20]；換言之，人要在自然中觀察萬物，認識世界，尋找真我。

八、 沉重與輕逸：人物的心理與小說的文體風格

與何福仁對談時，西西談到卡爾維諾（Italo Calvino, 1923-1985）《未來千年的六篇備忘錄》（Six Memos for the Next Millennium），明確說：「我喜歡最初的兩個：〈輕逸〉、〈迅速〉。」[21] 並謂：「在〈輕逸〉裏，他提醒我們輕逸的價值，我們表揚沉重的同時，往往就忽略了輕逸。沉重的時間太多，輕逸的時間太少。」[22] 西西十分推崇卡爾維諾的小說，並多方師法卡爾維諾小說的技法，肯定「輕逸」的審美追求。有意味的是，西西在〈碗〉中，刻意佈置沉重與輕逸的潛藏關係：（1）描寫兩個人物的心理，一個突出其沉重，一個突出其輕逸；（2）描寫兩個人物的心理，一出以沉重的文體風格，一出以輕逸的文體風格。而要窺探西西這方面的意圖，讀者不妨先將注意力放在〈碗〉的結尾：「我看見了沒有翅膀但會飛翔的雲層。」結尾往往是文學作品的意旨所在、點睛之處，〈碗〉的結尾落在輕逸之物「雲」上，真是可圈可

20　西西：《剪貼冊》（台北：洪範書店，1991），頁 47。

21　《時間的話題——對話集》，頁 106。

22　《時間的話題——對話集》，頁 106-107。

點，啟人深思。

在《未來千年的六篇備忘錄》第一篇〈輕逸〉（Lightness）中，卡爾維諾借題發揮，以希臘神話中的女妖美杜撒（Medusa）那令一切化為石頭的目光，喻世界的沉重、整個世界正在變成石頭；而以英雄柏修斯（Perseus）穿上長有翅膀的飛鞋，不看美杜撒的臉，只觀察映入他青銅盾牌的女妖形象，成功把美杜撒的頭砍下來，帶出以輕逸消解沉重的文學觀。卡爾維諾說：「為斬斷美杜撒首級而又不被化為石頭，柏修斯依憑了萬物中最輕者，即風和雲，目光盯緊間接映象所示，即銅鏡中的形象。我不由自主地立即把這篇神話看作是對詩人與世界的關係的一個比喻，寫作時可資遵循的方法。」[23]〈碗〉的結尾，葉蓁蓁的目光最終被引向連柏修斯飛鞋的「翅膀」都不需要的、萬物中最輕的「雲」。此結尾同時引領筆者細心檢視「以輕逸消解沉重」的命題，如何潛隱於具對話關係的四段文字之中。

美杜撒能使直望她的一切變成石頭，這個神話故事提醒我們：小心自己的「目光」，一旦望向美杜撒，人會變成沉重的石頭。〈碗〉的第一段，開首即聚焦於余美麗兩度看葉蓁蓁的「目光」。余美麗對葉蓁蓁的衣著、頭髮籠統一「瞥」，就意含輕視、嫌惡，其實是會使自己的心理、情感變得凝重的。第一段寫人之外，寫物也用了不少視覺意象，作者同樣在「經營」余美麗的「目光」──她着眼於物的表面圖案、顏色，全段更出現大量顏色詞：藍色、紅紅綠綠、黑、

23　卡爾維諾著、楊德友譯：《未來千年備忘錄》（香港：社會思想出版社，1994），頁 2-3。

綠、青、墨綠色、粉、紫、白、玫瑰紅。余美麗要求自己用來請客的餐具，美麗、貴重，更必須是景德鎮的「名牌」。名牌、貴重、易碎之物，容易令人在使用、觸碰時產生心理壓力，總要小心翼翼、不能碰撞、滑落，這無疑使本來輕輕鬆鬆的心情變得凝重甚至沉重起來。

在與第一段具對話關係的第二段裏，西西卻採取「藏匿目光」的敍述策略，絕少描寫具視覺經驗的物象、顏色，這是兩段文字刻意為之的對比。葉蓁蓁要買碗，只說「隨便一隻粗碗就行」，不涉碗的形狀、顏色、圖案、花紋，甚至她用來養金魚的碗，敍述者也只言其耐用之質：「我本來有一隻碗，用了許多年，那碗又厚又重，樣子很笨，但卻亂碰亂撞也沒打破。」那隻碗可看、可描述的「樣子」，敍述者卻用了全無視覺經驗的「很笨」來概括。而這一段只有兩個不同的顏色詞，全落在影射余美麗的「翻白肚皮的金魚」上。「金魚」只是某種肚子特大、魚尾像花瓣的魚的總稱，金色以外，還有不同顏色的「金魚」。「金」，令人聯想到黃金、錢、貴氣，這個字本身就有沉重感；而真實的金魚的確常不知饜足飽吃致死，以「金魚」映射余美麗，十分貼切。「翻白肚皮」的死亡之「白」，又和葉蓁蓁「曬得很黑的手臂」的活力之「黑」，形成白黑的對照。第二段只有「飯碗裏浮着那條翻白肚皮的金魚，還有一羣沒給魚吃掉的小蟲在到處闖」一句，具視覺畫面；西西刻意引導讀者「看」不知饜足的金魚的死狀，饒有深意。這一段最後以「當我去買碗的時候，我在街上遇見我中學時候的同學余美麗」作結，完全不寫葉蓁蓁眼中余美麗的衣著打扮，刻意「藏匿目光」，和第一段作

了截然相反的處理。而「藏匿（目光）」，正是柏修斯得以戰勝美杜撒的關鍵，卡爾維諾說：「柏修斯通過藏匿的辦法成功地制服了女妖凶險的臉面，正如起初他通過在銅鏡中觀察它的辦法戰勝了它一樣。」[24]

如何理解〈碗〉的第一段「放縱目光」和第二段「藏匿目光」的對比？這樣處理和卡爾維諾〈輕逸〉一文中的神話故事有甚麼關係？目光、人與物、慾望、價值、貴賤、輕重、美醜、心理、看法，環環相扣；在西西的感覺裏，「物」容易令人產生虛榮感的世俗價值，正是「美杜撒」，余美麗不斷把目光聚焦其上，結果是內心物慾膨脹，被虛榮的世俗價值吞噬，進而以「有色眼光」看人看物，充滿偏見、成見，心理、情感石化，沉重扭曲。〈碗〉的第三段，正是對余美麗石化、沉重、扭曲的心理，全面放大。而葉蓁蓁就像柏修斯，「藏匿」直視「美杜撒」的目光，不在意物的表面美麗、世俗價值，選擇過「亂碰亂撞都不怕打破」、輕鬆自在的生活。〈碗〉的第四段，正是對葉蓁蓁輕逸的生活、心理、情感，全面放大。

第三段，我們從余美麗談到昔日的中學同學的獨白中，可知她欣賞並和她相熟的，都是今天事業有成、有特殊能力、學歷和社會地位較高的一群。「回母校領畢業文憑時，林真華還穿了全套師範的校服上台鞠躬哩，頭抬得老高，不過是師範罷了」，這是第三段惟一的視覺描寫，余美麗仍然帶着「有色眼光」看人，看不起中學同學林真華的學歷。余

---

24 《未來千年備忘錄》，頁4。

美麗一聽到別人説葉蓁蓁提早退休，即對葉蓁蓁大肆批評
——既有侮辱性的用詞「寄生蟲」，更有大量對一個人的精
神、人格近乎謾罵的貶損。余美麗自己，其實被大量抽象得
抽空了軀體的價值信念、社會期待鎖住了，以「不愛工作」、
「逃避責任」、「不愛社會」等「罪名」批判他人；對於自己，
她有甚麼要求？她的真正自我又是甚麼？西西與何福仁談到
「背負法西斯沉重的經驗」、社會責任、民族、愛國、社會
批判時説：「一個人，要是長年累月地凝重，自己固然不健
康，別人也吃不消。」[25]而一個人自陷於「這一半」的世界，
內心沉重得像冷硬的石頭。西西用大量「是……的」的判斷
句、又硬又乾的抽象詞語、冗長扭曲的句子、密促勢強的逼
人語氣，讓讀者閱讀這段文字，越讀越感到余美麗被那些抽
象的、沉重的「要求」壓垮，理性扭曲、情緒失控，而讀者
同時感到被人猛烈批判的心理壓力，那是與美杜撒相應的、
「沉重」的文體風格。

　　第四段則以輕逸的文字，書寫葉蓁蓁的心靈世界。葉蓁
蓁得以輕鬆自在過她簡樸的退休生活，在於她不重視物質的
享受，能以平和的心境面對真我，打通外在與內心的世界，
統一於深思熟慮的「輕逸」之中。卡爾維諾説：「的確存在着
一種包含着深思熟慮的輕，正如我們都知道也存在着輕舉妄
動那種輕那樣。實際上，經嚴密思考的輕會使輕舉妄動變得
愚笨而沉重。」[26]與這種「深思熟慮」的輕逸相應的，是這一

25　《時間的話題——對話集》，頁 107。
26　《未來千年備忘錄》，頁 10。

段無所不在的、葉蓁蓁對生活平靜的沉思，對美好的自然的
細味。

　　第四段的輕逸風格是如何營造的呢？首先，作者在這
一段寫的，絕大部分是小而輕之物，亦即輕逸的視覺形象：
一根草一朵花、一頭鳥的彩羽、陽光、噴水池、鸚鵡、涓滴
的流水、樹葉；天空、雲層雖廣大，但天清明，雲輕飄，以
上種種輕逸的視覺形象，觀之令人感到心「輕」，不會引起
情緒緊張；就是兇猛怕人、容易使人的情緒落入「沉重」的
美洲虎，作者卻是寫牠們身上的斑點和臉型，而不寫其獠
牙利爪、強健的肌骨和嚇人的虎嘯。甚至人與物的動態，
都是「緩緩」的、不劇烈甚至不動聲息的；平和而安寧的
動態，同樣有助營造輕逸感，如「停留」、「緩慢而仔細地
觀看」、「陽光暖暖地照在我的背上」、「我緩緩地在園內散
步」、「陽光延續地照在草地上」、「我坐在公園椅上一面吃
一個乾硬的麵包，一面看一本書」、「伊使我抬起頭來，向
高處看，向遠處看」。所有這些輕逸的視覺形象存在於寧靜
的動植物公園中，充滿大自然氣息的世界裏，人遊目遊心
其中，只感到寧謐舒暢，心寧則靜，心靜則輕。其次，套
用卡爾維諾的說法，是「語言的輕鬆化，使意義通過看上去
似乎毫無重量的語言肌質表達出來，致使意義本身也具有
同樣淡化的濃度」[27]。卡爾維諾引用艾米莉・狄根森（Emily
Dickinson, 1830-1886）的詩句作例子：

---

27 《未來千年備忘錄》，頁 17。

一個花托，一片花瓣和一根刺針，

在一個普通的夏日的清晨——

長頸瓶上掛滿露珠—— 一兩個蜜蜂——

一息微風—— 輕輕搖曳的樹林——

還有我，是一朵玫瑰！[28]

〈碗〉第四段文字，和第三段相比，簡單描述事物而不妄下評斷，尤顯出「語言的輕鬆化」，「一根草一朵花、一頭鳥的彩羽」，和艾米莉・狄根森「一個花托，一片花瓣和一根刺針」，都用簡潔、日常、毫無重量的語言肌質描述少至「一」的微小之物，有異曲同工之妙。物輕如草、如花，少至「一」，更生「輕」感；「羽」不但輕，更能引發「飛」的聯想。何福仁說西西「並不煉字，要煉的是意，是整體。那是另一套美學」[29]。煉字即緊，語緊則密，難免有張力，放不開；放鬆語言，避免語言煞有介事，才能以輕鬆的語言表現輕逸的思絮、感覺、情意。

卡爾維諾提出的，另一個輕感的例子，是「對有微妙而不易察覺因素在活動的思想脈絡或者心理過程的敘述」[30]；

---

28 《未來千年備忘錄》，頁 17。所引詩句為艾米莉・狄根森的〈一首沒有重量的小詩〉。

29 何福仁：〈散文裏一種朋友的語調〉，見西西：《羊吃草・西西集》（香港：中華書局，2012），頁 X。

30 《未來千年備忘錄》，頁 17。卡爾維諾在〈輕逸〉中談到計算機科學時，指出「軟件發出指令，影響着外在世界和機械……第二次工業革命，不像第一次那樣，沒有向我們展現轟鳴車床和奔流鋼水這類驚心動魄的形象，而是提供以電子脈衝形式沿着線路流動的信息流的『點滴』。鋼鐵機械依然存在，但是必須遵從毫無重量的點滴的指令。」見《未來千年備忘錄》，頁 7。

〈碗〉第四段的文字，在描寫、敍述中，總是顫動着彷彿毫無重量的電子脈衝的信息流——輕微而纖細的思想、感覺，例如「這個公園我以前來過許多次，總是覺得它又小又窄，但今天，我的感覺有點不同」，是甚麼不同的感覺？葉蓁蓁沒有在獨白中明說，卻將靜觀萬物、在心頭微微顫動的思感，融入在公園所觀之物中，那些具有詩意的、感覺化的描寫與敍述，就一絲一絲的滲出了沾上主體意識、思想、感覺的輕逸感。這一段大量展現葉蓁蓁的視覺經驗，與第一段余美麗的「放縱目光」、第二段葉蓁蓁的「藏匿目光」，形成有意味的對照。葉蓁蓁走進動植物公園去「看」動植物，演繹另一種「看」——不帶成見地觀看哪怕是平凡微小之物，欣賞具有生命力的色彩，從「看」中「學習」，更要變換觀看的角度。而改變觀看的角度，是可以減輕沉重感的。卡爾維諾說：

> 只要人性受到沉重造成的奴役，我想我就應該像柏修斯那樣地飛入另外一種空間裏去。我指的不是逃進夢景或者非理性中去。我指的是我必須改變我的方法，從一個不同的角度看待世界，用一種不同的邏輯，用面目一新的認知和檢驗的方式。我所尋求的輕捷的形象，不應該被現在與未來的現實景象消溶，像夢一樣消失……[31]

---

31 《未來千年備忘錄》，頁 6-7。

鸚鵡站在水管上倒轉身體把嘴接到水龍頭底下喝涓滴的流水，就是一種變換。小說的結尾，一片樹葉落在葉蓁蓁的頭上，這是蘋果落在牛頓頭上的文本互涉，而葉蓁蓁卻反過來，不看大地，被葉子引向高處看，向遠處看，仰望天空，看見了「輕捷的形象」——沒有翅膀但會飛翔的雲層。改變觀看的方法，不隨大部分人看表面看名氣看身價看地位，降低物慾，知足常樂——那是柏修斯的「青銅盾牌」——能抵擋美杜薩的目光，避免心靈石化，減少沉重，無所待而輕逸飛翔。說「雲層」而不說「雲」，意味多讀書、格物致知、自得其樂，思想、心靈，積厚而輕。是的，「快樂」令人「輕盈」，減少人生、心理、情感的沉重，那是柏修斯賴以對抗美杜撒的飛鞋。葉蓁蓁「我想，我是快樂的」對余美麗「我想：一個人如果不工作是會成為社會的寄生蟲的……是自私的」，以「一」輕說個人內心的簡單快樂對「九」加諸別人輕舉妄動的激烈批判。〈碗〉以 ABAB 的第一人稱內聚焦，讓兩個獨白的聲音交互對話；「聲音在傳達不同人物的感覺時會染上不同的詞彙色彩，具有不同的文體風格」[32]；而〈碗〉兩個敍述者不同的文體風格，卻饒有深意。西西不但通過葉蓁蓁的內心獨白，展示輕逸的文體風格、審美趣味、價值觀，還通過種種對比與對話，以柔制剛，以輕御重，以輕逸消解沉重。

32　胡亞敏：《敍事學》，頁 22。

九、敍述者與真實作者：葉蓁蓁與西西

讀何福仁編《西西卷》中的〈西西傳略〉，以下的資料，顯然會引發讀者對〈碗〉與作者的連繫：

> 父親當時任職九龍巴士公司，當稽查員；此外，從上海到香港，一直先後兼任甲組足球隊教練及裁判員。西西自小就隨父親上足球場。……一九七九年，香港一度因教師過多，教育署乃准許教師提早退休。西西提出申請獲准。從此專心讀書、寫作。十多年來，一直每月拿千餘港元微薄的退休金。[33]

〈碗〉寫於一九八〇年四月，是西西提早退休，辭去小學教席近一年後寫成的；雖說小說更多出於虛構和綜合想像，但現實經驗往往是靈感、想像的催化劑。葉蓁蓁是西西的投影？可以這樣推想。西西一直獨身，是個足球迷，《花木欄》中的〈看足球〉，記西西小時候跟隨業餘足球裁判員的父親到球場看足球比賽的記憶；[34]《耳目書》中的〈看足球〉，談世界盃足球賽，談各國球隊，談南美隊與歐洲隊的踢球風格，足足談了三十餘頁；[35] 而與何福仁〈從頭說起〉的文藝對話，也從足球說起。[36] 西西「以自傳憶舊的筆調抒寫抗日

---

33 何福仁編：《西西卷》（香港：三聯書店（香港）有限公司，1992），頁 335-336。

34 西西：《花木欄》（台北：洪範書店，1990），頁 77-79。

35 西西：《耳目書》（台北：洪範書店，1991），頁 39-74。

36 《時間的話題——對話集》，頁 1。

戰爭以及國共內戰時期，一個少女由上海遷徙到香港」[37]的長篇小說《候鳥》，結尾寫「我」考師範學院，因面試時對王維〈君自故鄉來〉（〈雜詩・其二〉）中「綺窗」一詞的解釋「含糊了事」，而對自己當教師的能力、教師此一職業的責任作了嚴肅的反思，其思想可說和葉蓁蓁如出一轍：

> 一個像我這般的中學畢業生，如果考取了師範，學一年，就要出來當教師了，我忽然感到十分驚恐，自己懂得多少學問，書本上的、生活上的，配做老師嗎？當老師可是一件責任重大的事……我想，畢業並不是學習的完結，剛好相反，它表示另一個開始，如果要當教師，那麼，該學習的東西還要多。找一份工作，反而變成次要的問題了，書本上不是說過：偃鼠飲河，不過滿腹；鷦鷯巢於森〔深〕林，不過一枝麼？重要的是，在以後的日子裏，該怎樣充實自己，不要浪費時光才好。這一年的暑假，是離開了學校的暑假，離開了學校，我應該沒有暑假了，我看了一些書，暑假結束的時候，我收到一封信，我考取了師範學校。阿彩說，好了，素素找到一份好職業，將來可不愁衣食了。我翻開了我的書。[38]

37　西西：《候鳥》（台北：洪範書店，1991），封面摺頁。

38　西西：《候鳥》，頁 290-291。

讀了這段文字，我們彷彿聽到「西西」和「葉蓁蓁」同時在說：「我想，退休並不是學習的完結，剛好相反，它表示另一個開始。」

一九九六年，西西因獲香港藝術發展局資助十八萬撰寫長篇小說《飛氈》引起爭議，何福仁在為西西辯護時，細緻描繪了西西的生活與形象，實可與她筆下的葉蓁蓁作為互補的鏡像：

> 她提早退休的長俸，十六年來，千多元，低於公共援助；至九三年調整為五千多元，稍好而已，仍然沒有繳稅的資格，居住的地方，若非自置，恐怕不知如何生活？但這物業，申請時不過三百餘呎，和家人同住，並沒有自己的房間。西西許許多多的作品，就在廚房的小矮凳上完成。版稅方面，也很微薄，她從來就不是寫暢銷書的作家；多年來她推掉了不少可以賺錢的專欄、書約（包括台灣和中國大陸）。她從沒拿任何津貼，而怡然自樂。[39]

有意味的是，王德威（1954-）評西西小說集《母魚》時，

39　何福仁：〈資助《飛氈》寫作計劃是否公平、合理？〉，《讀書人》12期（1996年2月），頁109-110。西西〈椅子〉一文，對個人為甚麼要到廚房寫作，以及在廚房寫作的情形，有「輕盈」、「自樂」的記載：「碰巧我母親要看電視，或者我兄嫂拉隊前來竹戰，而我又想看書寫字，我就會帶了我的老朋友摺凳躲到廚房去。這時候，摺凳就變了我的桌子，另外一張很矮的板砌木凳才是我的凳子。在廚房裏，我還有一位朋友，複姓垃圾，單名一個桶字，因為摺凳的凳面狹，一些字典、書本和拍紙簿常常要坐在垃圾桶上面，我的垃圾桶就是我書本的椅子。」見《花木欄》，頁57-58。

指出西西小說「清涼遒勁」的風格，遙指一種「自我壓抑」：

> 但西西的風格，如用傳統批評語彙來說，近於「清
> 奇」或是「清冷」。何以熱愛生命的西西，總寫出尋
> 常涕笑以外的超然或漠然？我以為這「冷熱」之間
> 的對比，以及隨之產生的閱讀張力，是任何對西西
> 有興趣的讀者，都不可忽視的問題。
>
> 　　在以往評西西的文字裏，我曾讚美她對敍事
> 風格的講求，對濫情公式的迴避，為當代小說的喧
> 囂，注入一種理性的聲音。但閱讀更多西西的作品
> 後，我懷疑她的矜持也許有其幽黯面；她清涼遒勁
> 的風格，也許遙指一種自我壓抑而非超脫的境界。[40]

尤有意味的是，王文結尾，引錄了〈阿髮的店〉中冰雕師對
他作品和觀眾的態度的一段文字：

> 人們將會甚麼也看不見。他們會說，這是甚麼樣的
> 雕刻呀。他們會掉轉頭去，找尋一些比較落實的東
> 西。而你並不是為此而工作的，不是為着一個寬廣
> 的展覽場，不是為了來觀看的群眾，也不是為了持
> 着一隻[枝]筆的人在那裏把你研究。你說，是因
> 為這樣，所以你是快樂的，你沒有困擾。[41]

但王德威卻抱懷疑態度：「這段話似乎恰恰印證了西西本人

40　王德威：〈冰雕的世界——評西西的《母魚》〉，《閱讀當代小說——
　　台灣‧大陸‧香港‧海外》(台北：遠流出版公司，1991)，頁244。
41　《閱讀當代小說——台灣‧大陸‧香港‧海外》，頁246。

的創作哲學。但西西果真能如此無礙無滯麼？」[42] 王德威顯然要拿西西小說的敍述者、暗含作者，與真實作者相印證，思考其中的表裏關係，以及真實作者的內心世界與小說風格的關係。

在〈碗〉中，西西經由人物「葉蓁蓁」的自我辯護，尤其是「二元對立」的處理，並且安排兩個人物在對話的過程中，讓余美麗總是處於下風，讓她向提早退休的舊同學發出近乎失控的指責；也許會使某些讀者，像王德威一樣，感到文本背後的「自我壓抑」，對真實作者是否如此「超脫」、「無礙無滯」產生懷疑。一九七九年退休後的幾年間，西西創作了〈北水〉、〈龍骨〉、〈碗〉、《哨鹿》等色彩相對於前作較為暗淡、反映貧富問題的小說。官校教師提早退休，多少面對收入減少的壓力和為甚麼提早退休的疑問。許多剛退休的人，一旦離開數十年的工作崗位，可能會懷疑自己的價值，心理上一時無法調適。〈碗〉創作後九個月，西西在寫成的短篇〈南蠻〉中，仍在回應〈碗〉的若干問題，對退休生活的書寫、對為甚麼提早退休的疑問，有更直接、更聚焦、更個人（甚至帶點火氣）的反映。[43] 這兩篇小說誕生於西西退休後的心理調適期，可以理解。讀者讀了〈碗〉，難免會對兩個人物以及她們的價值取向，有自己的價值判斷。西西大概不會希望讀者簡化地判斷兩個人物，誰的「層次」更高。我想移用她的一句話來詮釋這次「對話」的意義：「聽聽別人對

42　《閱讀當代小說——台灣・大陸・香港・海外》，頁 246。

43　〈南蠻〉，見西西小說集《母魚》，頁 63-107。

我們的想法，可以幫助反省。」[44]而葉蓁蓁自我意識的活動本身，正是對「存在」的反省或曰自省。在兩個聲部交互對話的過程中，這種「反省」的聲音，對自我，對他者，都別有意義。「二元對立」常被視為文學創作的缺點，這篇小説的確是「二元對立」，但這是作者刻意呈現的；〈碗〉的吸引力，正在於這種近乎各走極端的「二元對立」所造成的戲劇衝突、對話張力。

米蘭・昆德拉（Milan Kundera, 1929-）説：「每一部小説都要回答這個問題：人的存在究竟是甚麼？其真意何在？」[45]西西則説：「我們不必問存在『是』甚麼，而要尋求『如何』存在。」[46]這正是存在主義的命題。[47]對於這個命題，西西在〈碗〉中通過葉蓁蓁的內心獨白，通過葉蓁蓁與余美麗的對話，作了簡潔、詩意、富於感染力的回答。

---

44 《時間的話題——對話集》，頁 97。

45 米蘭・昆德拉：〈人們一思索，上帝就發笑〉，《生命中不能承受之輕》（北京：作家出版社，1987），頁 341。

46 《時間的話題——對話集》，頁 55。

47 李天命説：「客觀的反省着重『甚麼』，（例如：那是甚麼東西？）這是純理論方面的事；但主觀的思索則着重『如何』（例如：我如何真實地存在？），這是實踐方面的事。客觀真理指向『甚麼』，指向那種在理論分離下可被觀察的客觀內容；主觀的真理指向『如何』，指向主體的內在契合。祈克果強調地説：『真理就是主體性。』」見李天命：《存在主義概論》（台北：台灣學生書局，1993），頁 19。李天命又説：「存在主義不重視一般的人的共同性而重視個別的人的獨一性……當一個人以『我就是我自己』這樣的身份在世界出現時，他就不僅是生存的，而且更是真實地存在的了。」見《存在主義概論》，頁 8-9。西西在《象是笨蛋》的〈後記〉中談到個人六、七十年代的中篇小説〈東城故事〉、〈象是笨蛋〉、〈草圖〉時，説「三個中篇，都寫於臺港的『存在主義時期』」。見西西：《象是笨蛋》（台北：洪範書店，1994），頁 243。

眼睛的漫遊
——讀梁秉鈞三首街道詩

一、書寫香港：梁秉鈞與後期《中國學生周報·
　　詩之頁》

　　梁秉鈞（也斯，1949-2013）被喻為「七十年代初最具本土意識的戰後詩人」[1]，這不僅因為他在七十年代初，寫出了以香港街道、城市景觀、本土生活面貌為題材的詩作〈香港〉十首，備受注目；更重要的是，他自覺地鼓勵其他人「書寫香港」。梁秉鈞實踐並自覺地推動書寫香港風貌、本地經驗的努力，見於他主編後期《中國學生周報·詩之頁》等刊物上。

　　《中國學生周報》（以下簡稱《周報》）的「詩之頁」，不同時期由不同的人主編，影響了「詩之頁」的風格面貌，並非純粹一貫。西西（張彥，1938-）、蔡炎培（1935-）、溫健騮（1944-1976）在六十年代都先後主編過《周報·詩之頁》。一九六八年三月二十九日第 819 期《周報》改版，取消了「詩

1　羅貴祥：〈經驗與概念的矛盾——七十年代香港詩的生活化與本土性問題〉，台北《中外文學》第 28 卷第 10 期（2000 年 3 月），頁 134-135。

之頁」。一九七三年十一月二十日第 1112 期重新增設，[2] 由梁秉鈞主編，直到一九七四年七月二十日第 1128 期《周報》終刊，共出十期。這十期「詩之頁」就是梁秉鈞等人所標示的「後期」，與溫健騮六七至六八年主編「詩之頁」時的風格明顯不同，當中的作者也使人聯繫到《四季》、《秋螢》、《大拇指》、《素葉》等脈絡。以後討論這階段「詩之頁」的人，往往觸及兩個重心：（1）「本土」或「本土意識」；[3]（2）口語化、生活化的詩歌取向。[4] 關於香港的本土意識，較多學者同意是在二十世紀七十年代形成的。吳俊雄、呂大樂（1958-）、黃繼持（1938-2002）、王宏志、洛楓（陳少紅，1964-）、羅貴祥（1963-）等，都寫過相關的文章探討香港本土意識產生的

2　這裏說重新增設「詩之頁」，並非意味從 1968 年 3 月 29 日以後至 1973 年 11 月 20 日之前，《中國學生周報》再沒有「詩之頁」，只意味再沒有持續按時推出的「詩之頁」；偶然一次過大量刊登詩作，而名為「詩之頁」的情況是有的，例如 1970 年 11 月 20 日第 957 期《周報》版 6 及版 7，即全部刊登詩作，名為「詩之頁」。

3　如陳智德在〈詩觀與論戰〉中，說《周報》後期「詩之頁」上的詩「予人『本土』的感覺」，見《呼吸詩刊》創刊號（1996 年 4 月），頁 48。洛楓在〈香港現代詩的殖民地主義與本土意識〉中，論述《周報》後期「詩之頁」作者如梁秉鈞、銅土等的作品時，也指出這些現代詩表現了「本土意識」，見張京媛編：《後殖民理論與文化認同》（台北：麥田出版股份有限公司，1995），頁 283。

4　如洛楓在〈香港現代詩的殖民地主義與本土意識〉中說：「七〇年代的這些詩歌，在關注本土問題的前提下，詩歌的語言〔集〕逐漸傾向『口語化』，……」，見《後殖民理論與文化認同》，頁 286。梁秉鈞說：「在一九八八年八月一個回顧《中國學生周報》的座談會上，有人提到後期周報上出現的一群詩人，說他們的詩寫得比較『生活化』，有香港地方色彩，跟當時台灣或大陸的詩人有顯著不同的取向。」見錢雅婷編：《十人詩選》（香港：青文書屋，1988），頁 VIII。

背景，或本土意識與香港文學主體性、香港經驗等問題。[5] 後期《周報‧詩之頁》之所以引起研究者連上「本土意識」的討論，主要原因是刊登的詩，不少「本地經驗之寫入，從表層的地方色彩、生活方式，到深層的社會心態，價值取向」[6]。尤其引人注意的，是一九七四年七月五日第 1127 期「詩之頁」辦了一個「香港專題」，刊出的七首詩，除沈傲的〈風景〉外，其餘六首詩的題目，都明顯標示香港的地名、建築物、交通工具路線，[7] 而七首詩都以香港本土風貌為焦點。

梁秉鈞任後期《周報‧詩之頁》主編，除一九七四年六月二十日第 1126 期外，每期都有他的詩，而且幾乎全以香

5　參見吳俊雄：〈尋找香港本土意識〉，載吳俊雄、張志偉編：《閱讀香港普及文化 1970-2000（修訂版）》（香港：牛津大學出版社，2002），頁 86-95；呂大樂：〈「香港意識」背後的社會經濟因素〉，《明報月刊》375 期（1997 年 3 月），頁 72-75；黃繼持：〈香港文學主體性的發展〉，載黃繼持、盧瑋鑾、鄭樹森：《追跡香港文學》（香港：牛津大學出版社，1998），頁 91-102；王宏志：〈「竄跡粵港，萬非得已」：論香港作家的過客心態〉，載黃維樑主編：《活潑紛繁的香港文學──一九九九年香港文學國際研討會論文集（下冊）》（香港：中文大學出版社、香港中文大學新亞書院，2000），頁 712-728；洛楓：〈香港現代詩的殖民地主義與本土意識〉，載張京媛編：《後殖民理論與文化認同》，頁 269-290；洛楓：〈從「解殖民化」到「本土意識」的探索──七十年代香港專欄文化的歷史及社會脈絡〉，載《中國現代文學論集──研究方法與評價》（香港：香港中文大學中國語言及文學系，1999），頁 207-228；羅貴祥：〈經驗與概念的矛盾──七十年代香港詩的生活化與本土性問題〉，台北《中外文學》第 28 卷第 10 期（2000 年 3 月），頁 130-141。

6　黃繼持：〈香港文學主體性的發展〉，見《追跡香港文學》，頁 95。

7　這六首詩是吳煦斌的〈銅鑼灣海傍大道〉、梁秉鈞的〈中午在鰂魚涌〉、張景熊的〈三號和二十三號公共汽車行駛的新路線──給秉鈞〉、小米素的〈耶路撒冷以外──記大嶼山之旅〉、李志雄的〈中環〉和銅土的〈康樂大廈〉。

港的地區、街道、都市風貌為題材，題目也都顯見本土色彩：〈傍晚時，路經都爹利街——香港·一九七三〉（1112期）、〈五月廿八日在柴灣墳場〉（1114期）、〈北角汽車渡海碼頭〉（1116期）、〈寒夜·電車廠〉（1118期）、〈羅素街〉（1120期）、〈拆建中的摩囉〔街〕〉（1122期）、〈中午在鰂魚涌〉（1127期）、〈新蒲崗的雨天〉（1128期）。[8]除此之外，他把1114期葉維廉（1937- ）題為〈香港素描三首〉的詩作，編置於右上角最突出的位置，「香港」二字字體級數較大，「素描三首」四字較小，更匆促推出1127期的「香港專題」，[9]進一步突出「香港」這個地方；可見他在後期《周報·詩之頁》創設時說「要開創新的風氣」[10]，其中一點是自覺地「鼓勵人去寫香港題材的詩」[11]。

8　只有1974年5月20日第1124期上的〈雷聲與蟬鳴〉，沒有明顯見出香港風貌的標記。1122期上〈拆建中的摩囉〉，漏植了「街」字，據收入《雷聲與蟬鳴》（香港：大拇指半月刊，1978）時的詩題校正補上。這8首詩加上稍後創作的〈華爾登酒店〉、〈影城〉，收入《雷聲與蟬鳴》，歸入第三輯，名為「香港」。

9　梁秉鈞在1126期〈詩之頁每期刊出〉的小欄裏（署「也斯」筆名），說「由這期開始，詩頁由隔期刊出改為每期刊出」，並預告下期要目：「馬若：噢！和平的夜晚、張景熊：三號和二十三號公共汽車行駛的新路線、小米素：耶路撒冷以外、羅少文：星期天下午、余素：馬祖詩鈔、羅青：水龍吟、梁秉鈞：失去。詩之頁並增設『談詩』一欄，歡迎來稿。」但1127期卻突然推出「香港專題」，只刊出預告中張景熊、小米素兩位與香港相關的詩，其餘詩作，僅馬若一首在最後一期（即1128期）刊出；而「談詩」一欄，也僅在最後一期刊出張錦銘〈胡品清與水仙的獨白〉一文被編者認為「很有見地」的一段（約380字）。由此可見，「香港專題」事前並沒有經過周詳策劃，而是匆促推出來的。

10　見《中國學生周報》1112期「詩之頁」（1973年11月20日），版7。

11　也斯：〈「四季」、「文林」、周報「詩之頁」及其他〉，《文藝》季刊7期（1983年9月），頁39。

〈香港〉十首，大部分以香港島的街道、事物為描寫對象，〈傍晚時，路經都爹利街〉、〈羅素街〉、〈拆建中的摩囉街〉，題目明確標示街道，技法相近，可以合而論之。究竟梁秉鈞是在怎樣的背景下創作這些街道詩？又怎樣在詩中書寫香港的街道？本文嘗試以〈香港〉十首的創作意識、梁秉鈞的審美心向拉開論述的序幕，並以三首街道詩為析論重心，探討這些觀看街景的詩作所展現的藝術風貌、與本土意識的關係。

二、〈香港〉十首的創作意識

梁秉鈞在六、七十年代，學習和模仿過三、四十年代詩人如何其芳（1912-1977）（《預言》時期）、辛笛（王馨迪，1912-2004），以及五、六十年代台灣詩人如瘂弦（王慶麟，1932-）的作品，並廣泛吸納西方現代詩和現代藝術的養分，自覺反思詩歌語言、詩與寫實、詩與當前經驗的問題。這段期間的香港詩壇，有人鞭撻已轉入了窮巷，轉入了象牙之塔的台灣現代詩；[12] 有人慨嘆香港詩人缺乏自己的聲音，老跟在台灣或大陸之後；[13] 有人主張自己寫自己年代的詩。[14] 雖說眾聲喧嘩，但到了七十年代初，香港詩壇已有較為明

12　古蒼梧：〈請走出文字的迷宮──評《七十年代詩選》〉，《盤古》11
　　期（1968 年 2 月 28 日），頁 23。

13　戴天：〈絆腳石的話〉，第 1093 期《中國學生周報》（1973 年 6 月 29
　　日），版 8。

14　〈編輯室報告〉，《秋螢》15 期（1972 年 3 月），頁 1。

顯的，希望建立香港詩歌本位的意識和聲音。相對於四九年後逃難到香港，時時心繫故國，哼唱北窗下呢喃燕語的前輩作家；戰後在香港出生、成長的年輕詩人，一旦反思詩與語言、生活、寫實、當前經驗的問題時，「香港」或者說「本土」的事物、生活經驗與感受，自然而然在他們的思考中變得活躍，這在梁秉鈞身上尤其明顯。他在〈兩種幻象〉中說：

> 當我們回顧我們的藝術，比如說繪畫吧，有時有個感覺：就是有許多不同的派別和口號，但不是我們自己的東西；有許多流行的形貌，但卻欠缺真實的生命。畫的世界，並不是我們生活其中的世界。……行貨繪畫中的人只是游客眼中的香港人、插圖設計畫家筆下的是西方人般的香港人、國畫筆下的是古人、鄉土派畫家筆下的人像大陸農民畫中的人。西式的、古裝的，並非我們在香港看到、感受到的人。然而每一派都覺得自己是寫實的。……但是，在香港這種種繪畫中，我們很少感覺到此時此地的心態。[15]

梁秉鈞指出存在於幻燈片和畫冊、珍貴資料和圈內人閒談的世界，不是真實的世界，更評說不同背景的畫家「眼中」模式化、類型化了的香港人形象，視之為「幻象」。畫中的香港人形象如此，畫中的香港形象呢？我手上剛好有幾張

---

15 此文寫於 1976 年底，收入梁秉鈞：《書與城市》（香港：香江出版公司，1985），頁 8。

二〇〇三年印行的香港紙幣，匯豐銀行的紙幣上印有太平山的凌宵閣和登山纜車（20 元）、青馬大橋（100 元）、新機場（500 元）；而渣打銀行的紙幣則印上香港開埠初期的漁港帆影（20 元）、十九世紀末香港的海上商船和臨海房屋（50 元）、1970 年太平山頂下瞰「老襯亭」、中環（已有不少高樓）、尖沙咀、維多利亞港的景致（500 元）。翻揭這些紙幣上的圖畫，時間的蒙太奇，告訴我香港如何由開埠初期的漁港，經過一百多年的發展，成為高樓處處，擁有舉世聞名的新機場、青馬大橋的城市。但這些圖畫為了突顯事物所處的空間位置、地理景觀，或宏偉建築的形貌特徵，都採用了遠距離的視點，讓我們看到了香港概括化了的某一面，或地標式建築物的外貌。外地人要是通過這些繪畫認識，或者想像香港，難免流於概念化、平面化和簡單化。正如梁秉鈞所說，類似的繪畫不是真實的世界，不是我們香港人看到的、感受到的香港。但香港作者就算都看到、都感受到屬於自己的香港，在創作時有沒有「正視」它呢？梁秉鈞倒是有點急了：「總之是覺得大家都不怎麼寫香港，我總得要想辦法把自己的感受說出來。」[16] 於是有創作於七三至七五年的〈香港〉十首。

在〈電影和詩，以及一些彎彎曲曲的街道〉中，梁秉鈞不但說自己喜歡在街上閑蕩、通過街道認識現實世界，更明確談到創作〈香港〉這組詩的背景、創作上的藝術意圖：

16　梁秉鈞：〈香港與台灣現代詩的關係——從個人的體驗說起〉，《現代中文文學評論》2 期（1994 年 12 月），頁 144。

　　從喜歡在街上閒蕩開始，就發覺街頭眼見的世界，跟書本或電影裏的世界有很大的距離。電影提醒了我們現實的欠缺，也提醒了我們表達的欠缺，但我們還是得從自己走過的一條小小的街道開始。香港在六〇年代逐漸發展成一個工商業都市，走在路上，我自然想：怎樣理解這都市，又怎樣理解我自己的處境？看別人寫其他地方、其他處境之下的人的感情，未必完全適合我。後來大概是在這樣的想法下摸索寫出〈香港〉那一組詩，學習不帶成見地觀察，從頭寫出當時置身在香港的種種複雜感受。當時被一些人批評為「攝影詩」，其實反而是從中國古典山水詩和詠物詩得到啟發，想以中國文字含蓄而富於彈性的特質，寫現代都市的情懷；因為不想概念先行，才以鏡頭調度、映〔影〕音搭配去探索。寫澳門和廣州也是這樣，有關切但不想魯莽批評，有對時局的聯想和擔憂，感情和意見或許不夠直露，但卻不是志在白描呢。[17]

這些夫子自道的文字，為〈香港〉十首打開詮釋的缺口，讓讀者感到靜止、凝結的語言符號中所灌注的生氣——作者的情感、意識、美學觀、藝術取向。換言之，〈香港〉十首在創作意識上，隱寓了作者對個人成長、生活在其中的香港的理解與探索；具體的開展方式是「觀察」；自覺的藝術意圖是

17　集思編：《梁秉鈞卷》（香港：三聯書店，1989），頁 1-2。

從中國古典山水詩和詠物詩中汲取技法處理現代都市情懷；在選擇觀察的事物上，不取遊客熱衷觀賞的太平山頂、東方之珠夜景、維多利亞港、帆船、黃大仙廟，而「走入」日常生活、平凡街道，甚至是工廠區、墳場，從中「理解」香港。此一選擇，多少帶點抗衡意識，或對平凡的、微小的、日常事物的審美「心向」。這種選擇是否「不帶成見」，則是見仁見智了。

三、活着的世界：此時此地，平凡街道

梁秉鈞要理解現實世界，要表現「此時此地」的心態，要表達屬於「自己」而不是「他人」的感受，選擇了從平凡的街道出發。與其從一幅畫、從一個外在的視角看一個地方的輪廓，不如走入其中，立體地、全感官地，從細處認識它。街道是每一個人只要踏出私人的空間（家、屋苑、工作環境），就會一腳跨進去的公共世界。這個世界有無數市民共同經驗的沉積，有共性；但主體在街道穿行時，人事物迎面而來，接收外界訊息的，還是每一個獨特的個體。所以〈香港〉十首不少詩作當初發表在《周報·詩之頁》時，題目上都標示了時間、地點，看來就是要記錄詩人在「此時」而不是「彼時」，在「此地」而不是「彼地」那獨一無二的體驗和感受，像〈傍晚時，路經都爹利街——香港·一九七三〉、〈五月廿八日在柴灣墳場〉、〈中午在鰂魚涌〉；也就是説，這些顯現在詩中的事物，已是一個人感官接收與意識的映像，不是純客觀的外物，有「我」存焉。

梁秉鈞找到這樣一種表現「我」與「本土」與「生活」與「感受」的方法，同時需要相應的美學觀，也就是一種面向日常事物，以日常事物為審美對象的美學觀。今天，我們仍聽到不少人批評新詩不像古典詩容易背誦、沒有古典美、文字沒有美感、沒有詩意、和散文沒有甚麼分別；說這些話的人，總認為詩要有一套高雅的詩性語言、有一種特定的詩性氣息。一九七三年，梁秉鈞創作〈香港〉十首的第一首，這一年他同時寫了沒有甚麼人提及，但很有意味的作品〈寫一首詩的過程〉。此詩寫一個女孩子一邊喝黑咖啡，一邊等待、捕捉詩的靈感。在提筆構思的過程中，她聽到打牌的聲音，看到舞女和夜歸男子嘻笑然後吵罵、醉漢拍木料店的門；但她遲遲寫不出一句詩來，就想着最好有一點微雨，「滋潤這街道，並且閃光／如一朵朵在黑暗中綻開的花」。最後她睡着了，詩是這樣結尾的：

> 她想着，再伏下去
> 並且睡着了
>
> 這時街上來了一輛洗街的車子
> 終於把街道變成潮濕 [18]

很想寫一首詩的女孩子，最終寫不出一句詩，是因為被日常「非詩」的經驗包圍嗎？有趣的是，女孩子等不到具有「詩意」、可以催生詩的雨；洗街的車子卻像雨一樣滋潤了街

---

18 《雷聲與蟬鳴》，頁 71。

道。換言之，城市生活、日常經驗其實是有詩意的，女孩子最終沒有把詩寫成；但打牌的聲音、舞女和夜歸男子的嘩笑與吵罵、醉漢拍木料店的門、街道上的洗街車，這些生活上瑣瑣碎碎的人事物，已在「寫一首詩的過程」中凝結，成為詩的本身、詩意的存在，只是「她」(或某些對詩有特定要求、成見的人) 沒有意識到而已。所以梁秉鈞說：

> 繫鞋帶，找一個公文夾，閱報看瑣碎的新聞，看電影，填表格，等電梯，配鎖匙，按電掣，這些都是現代的東西，但我們說的當然不是古詩中加入飛機大砲的那種所謂「新意」，而是切實寫出在這個現代環境中的人的感受。詩人一旦能闖出舊觀念的範限，就會發覺無事不可以入詩。這不僅是一種文學的革新，也是做人的觀念的更新，因為可以好好地正視活着的世界。[19]

在〈香港〉十首中，平凡的、日常的事物，就算是街道上的招牌、工地裏的水管，都不是用以表現某個主題的「工具」，這些事物本身就是激起主體審美興趣的詩意存在，「物」是詩人要表現的主體，是這些平凡的事物引起了詩人有情的眼睛凝神注視；與此相應的，是一套很多人認為沒有詩意，日常化、生活化、口語化的語言，只有這種語言和日常事物本身沒有剝離，讓這些事物變成語符化的詩意存在，而這又和詩人正視「活着的世界」、日常事物的生活態度有關。

---

19 〈詩的隨想〉，見《書與城市》，頁 111-112。此文寫於 1973 年 8 月。

四、眼睛的漫遊：觀看與發現

梁秉鈞在〈《游詩》後記〉中說：

> 廣義的旅遊文學往往有放逐的哀愁也有發現的
> 喜悅。這大概也隨每個人的所遇和所感有所不同。
> 所遇和所感的關係表現在詩裏通常有兩種模式：一
> 種我們可以稱之為象徵的詩學，詩人所感已整理為
> 一獨立自存的內心世界，對外在世界的所遇因而覺
> 得不重要，有甚麼也只是割截扭拗作為投射內心世
> 界的象徵符號；一種我們可稱之為發現的詩學，即
> 詩人並不強調把內心意識籠罩在萬物上，而是走入
> 萬物，觀看感受所遇的一切，發現它們的道理。我
> 自己比較接近後面一種態度。
>
> 發現往往從漫遊來。我們接觸一個地方，感
> 動最深的，不是名勝古迹，而是化〔花〕了一個黃
> 昏在那兒漫步的一道小徑，或是環繞它走了一個早
> 晨的廣闊的池。即使你站在那裏拍照留念，一幀便
> 照，還是沒法記下你來來回回、反覆從不同角度欣
> 賞的所見。遊是從容的觀看、耐性的相處、反覆的
> 省思。遊是那發現的過程。[20]

因為這種自覺意識，梁秉鈞早年創作，就視觀察為一種藝術
上的磨練，總是把握每一個走入萬物觀看、感受的機會，所

20　《梁秉鈞卷》，頁 127。

以他的作品，總是呈現了一個處處留神、細意觀看的漫遊者形象，用他自己的話：「我也喜歡眼睛的漫遊」[21]。因此，像〈傍晚時，路經都爹利街〉，題目突出「路經」，但詩中的遊者觀察事物之細緻，無形中呈示了一種對待日常事物的態度：無心的、路經的時刻，也要處處留神，平凡的事物自有可觀的趣味，等待我們發現。又例如〈羅素街〉，起筆與中幅都強調「路上永遠的潮濕與泥污／使一個忽忙的路人／難在……移前」，但偏偏詩中描寫的事物如此細緻，鏡頭移動如此緩慢，好像在路人急匆匆的時刻，生活中的萬事萬物更熱切地期待我們注視的目光（圍攏過來），仍有可發現之處。

是的，發現。梁秉鈞在這些詩中總不忘向讀者展示他細緻、獨到的觀察，他的「發現」；所以這些詩總有一些讓人意想不到的觀察角度或特殊的觀察點（特別在開頭），又或是我們在日常生活中見過，卻沒想到以之入詩的事物，而這些平凡的事物一旦為梁秉鈞捕獲，寫進詩裏，竟有一種不平凡的、引人深思的意味。〈拆建中的摩囉街〉開端，以正午明亮的太陽，與蹲在路旁的老者「鐵灰色的佝僂的背」，作明暗的碰撞，還不算特別，可鏡頭馬上下移，捕住一般人不會刻意凝視的畫面：「污水淹至他的後跟」，角度之特別，讓人心頭一顫——詩，竟然也可以這樣取材。〈傍晚時，路經都爹利街〉的起句，「巨大的電線輪轆」以「巨大」為引發觀看的興味點，可緊接的一句卻是反向小處聚焦：「抵着石的楔子」，你幾乎看到作者的目光先是被巨大的電線輪轆吸

---

21 〈大馬鎮的頌詩〉，見《梁秉鈞卷》，頁 106。

引住，他好奇極了，彎身察看，就「發現」了使輪轆定住的一顆石 ── 以大托小，讀者的視點同被引向小處。而詩的結尾，那遊者的目光更穿過地盆（工地）「竹架與木板的空隙」，「發現」了堆放的建築材料和涓涓的流水，鏡頭最後聚焦於生鏽的鐵枝：

> 停着載重的鐵架
> 和垂下的輪管
> 雜亂的器物間
> 涓涓的細流湧起
> 流過一綑堆放地上的鏽褐色鐵枝

木板可以擋住外面的人，使他不能隨意走進工地；卻擋不住好奇的目光。由此引伸，目光具有穿透力，可以穿透萬物，進入物的內在世界，甚至可以從物的角度觀看萬象。像〈羅素街〉的開端，本來以遊者的觀看角度寫物，物象置換間，不動聲息卻轉以鹹魚的視角寫黃菊：

> 鹹魚灰滯的眼睛
> 仰視一朵黃菊
> 閃着水光，瓣疊着瓣

詩人的眼睛甚至進入物的內部，看到了時間沉重的顏色：

> 在瓦甕內部
> 時間越久顏色越是沉重

梁秉鈞以內視力「穿入」瓦甕後，馬上穿出，緊接的詩句是

瓦缸破開後的「暴露」，展現了更醒目的「發現」：

> 破缸中的辣菜帶着紅色斑漬
> 棕色身體上絲絲血液

瓦甕內部暗沉（沉重）的顏色，與辣菜外露的「紅」與「棕」並置、對照，予讀者更鮮明的空間與色彩活動經驗的印記。而在蒙太奇鏡頭的移換中，破缸、辣菜這種在舊式市場的攤子／雜貨店常見的事物，成了鮮活的存在，喚起讀者如我（或我們這一代？）某種來自時間深處的氣味、色彩、記憶——它們好像走過了漫漫長路，精疲力竭，無言顯現。

五、道家美學：打開場景，隱退一旁

梁秉鈞自言〈香港〉組詩的技法，啟發自中國古典山水詩和詠物詩，又提到不想概念先行、不帶成見地觀看，這就令人想到與山水詩、詠物詩有一定關聯的道家美學了。葉維廉在〈道家美學、中國詩與美國現代詩〉中説：

> 「道家美學」，指的是從《老子》、《莊子》激發出來的觀物感物的獨特方式和表達策略。……當我們使用語言、概念這些框限性的工具時，我們已經開始失去了和具體現象生成活動的接觸。整體的自然生命世界，無需人管理，無需人解釋，完全是活生生的，自生，自律，自化，自成，自足（無言轉化）的運作。……類似中國山水畫裏引發的自由浮動的印記活動，中國古典詩在文言裏有重新的發

明。語言現在可以避免鎖死在一種固定的、偏限的、由作者主觀地宰制、指引、定向的立場上；詩人通過語法的調整，變得非常靈活，可以讓物像或事件保持它們多重空間與時間的延展。……王維的「獨坐幽篁〔篁〕裏，彈琴復長嘯」，如加上了一個「我」字（中國詩要做也可以的，如李白有些詩也用），就剝削了讀者的親身歷驗的感覺。中國古典詩人，把場景打開後，往往隱退在一旁，讓讀者移入，獲致場景如在目前的臨場感。……任萬物不受干預地、不受侵擾地自然自化的興現的另一含義是肯定物之為物的本然本樣，肯定物的自性，也就是由道家思想主導下禪宗公案裏所說的「見山是山，見水是水」，和六朝至宋以來所推崇的「山水是道」與「目擊道存」。山水詩的藝術是要把現象中的景物從其表面看似凌亂不相關的存在中釋放出來，使它們原真的新鮮感和物自性原原本本的呈現，讓它們「物各自然」地共存於萬象中。詩人對物像作凝神的注視，讓它們無礙自發的顯現。[22]

葉維廉在這篇論文中，點出道家精神在美學與政治上的投向、道家美學觀物感物的方式，並舉李白（701-762）〈玉階怨〉等詩，解說中國古典詩省略冠詞和代名詞之類的字眼，使讀者在閱讀時可以作多次進入，獲致雙重或多重的感印。

22　葉維廉：《道家美學與西方文化》（北京：北京大學出版社，2002），頁 1-18。

其實把葉維廉這段文字移作梁秉鈞街道詩的注腳，也未嘗不可[23]——這三首街道詩，全部不着一個「我」字，表面上「無我」，實質是主體隱藏，藏在「攝影機」的背後；詩人對物像作凝神的注視，主體的眼睛變成攝影機的眼睛，不干擾物態，讓事物自行興現。而梁秉鈞正汲取了山水詩這種把場景打開後，主體隱退在一旁，「讓讀者移入，獲致場景如在目前的臨場感」的技巧，這在〈傍晚時，路經都爹利街〉、〈拆建中的摩囉街〉尤其明顯。〈羅素街〉卻有點不同，開首三句：「路上永遠的潮濕與泥污／使一個忽忙的路人／難在櫛比的小攤旁移前」，作者用了兼語句式，產生使動意義，「使一個忽忙的路人」甚麼甚麼，不是使「我」甚麼甚麼，分明是描述所見的人事；但緊接「橙和香蕉／還有枇杷的鮮明」等句，由於全是影像呈現，讀者馬上「移入」，一連串興現的事物彷彿是自己親眼看見，讀者與作者有如一體。到了中幅「紛沓的腳步／繞過它／兩旁的小舖圍攏過來」，進一步強化讀者的臨場感。可是，此詩後半，卻出現了一些叩問、說明的詩句，讀者就從觀看的主體抽離了，尤其到了末二句：「迎面是橫堵的天橋／那裏昔日原是一道水渠」，讀者就撤出了鏡頭，撤出與作者同一的體位，變成只是個跟隨作者逛街、觀看的人，正聆聽他講述事物變遷、歷史掌故。

　　以物為觀照的主體，以物觀物，無「我」的觀看固然與

23　梁秉鈞承認自己把道家美學的觀念轉換來寫都市，是受到葉維廉論文的啟發。見王良和：〈蟬鳴不絕的堅持——與梁秉鈞談他的詩〉，收入《打開詩窗——香港詩人對談》(香港：匯智出版有限公司，2008)，頁71。

中國古典詠物詩、山水詩有關，但梁氏自謂「想以中國文字含蓄而富於彈性的特質，寫現代都市的情懷」，卻需要進一步說明。梁氏師法中國古典詩，不僅是省略「我」；在語言上，某些地方看來因文字的彈性運用，營造了閱讀古典詩的那種效果。例如〈羅素街〉這幾句：

> 橙和香蕉
> 還有枇杷的鮮明
> 化作攤上一列
> 鹹魚灰滯的眼睛
> 仰視一朵黃菊
> 閃着水光，瓣疊着瓣

如果我們把前三句加上標點，視作一個整體：「橙和香蕉，還有枇杷的鮮明，化作攤上一列。」意思是攤上有一列橙、香蕉和枇杷；但這樣斷行和理解，「化作」無處着落，而且在市場上，我們極少看見這些不同的水果一列排開。如果我們把第三和第四句只視為迴行，意思其實是相連的，那就變成「橙和香蕉，還有枇杷的鮮明，化作攤上一列鹹魚灰滯的眼睛，……」，語法規律很順，但水果的「鮮明」，為何會化成鹹魚「灰滯」的眼睛，在邏輯上，想像上，一時又難以為讀者理解，需要重整這些詩句的意涵。其實只要從「視覺經驗」上解說，就不難理解：市場上攤子密集，各種貨物的攤子密密並列在一起，詩人剛看見橙和香蕉，還有枇杷的鮮明，視線馬上就接上了一列鹹魚灰滯的眼睛（賣鹹魚的攤子）；詩人把感覺移入物中，變換視點，就從鹹魚的視角仰見閃着水

光的黃菊（賣鹹魚的攤子旁是賣花的攤子）。也就是說，這些詩句不是着重現代漢語的文法運作，而是着重「經驗的文法」運作。正如杜甫（712-770）的「綠垂風折笋」，不一定是「風折之笋垂綠」的倒裝，而是真切地記錄了一次視覺經驗：先看到「綠垂」，走近細看才知道是「風折笋」，也就是視覺經驗先於判斷。[24] 梁秉鈞這幾句詩，正是運用了相類似的技巧，讀者閱讀這幾句詩，隨詩人「鏡頭的調度」，先是看見事物在眼前刻刻興現；市場「凌亂無序」的抽象判斷，要到事物、經驗過後昇華衍生。

六、「無我」中的「我」：空間、時間、生命意識

由道家思想激發的道家美學、觀物感物方式，某些藝術家將之演化成技巧、手法，卻不一定投向道家的精神境界。梁秉鈞儘管汲取中國古典山水詩詠物詩的技法，投向了道家美學，打開場景，隱退一旁，以不介入、不干預的態度讓事物自行興現；但讀者還是可以從那些好像「無我」的詩句中，感到主體「我」的意識。前引〈電影和詩，以及一些彎彎曲曲的街道〉一文，題目其實已暗示電影、詩、街道在梁秉鈞這類作品中「三位一體」的關係，或許我們可從電影的角度分析「無我」中的「我」——正如看電影，不能忽略在畫面中看不到，卻無時不在電影鏡頭後操控着的人（導演），

---

24 「綠垂風折笋」出自杜甫〈陪鄭廣文遊何將軍山林〉十首之五。筆者的演繹參考葉維廉的說法，見《道家美學與西方文化》，頁 13。

是他帶引觀眾看甚麼,每一個鏡頭的調度、影音的搭配,都可以理解為意義和情感的波動,尤其是當導演(作者)通過「剪接」、篩選而大量運用「特寫鏡頭」,不斷向觀眾(讀者)暗示「注意這裏」[25],則隱藏的「我」的意識就會相當活躍,看似「客觀」呈現的影像,其實具有「影像意涵」,骨子裏是「主觀」、經過編排的。梁秉鈞「眼睛的漫遊」,並非「無我」的「逍遙遊」;而是刻意展示其「發現」的「有我」之旅;既「隨物宛轉」,亦「與心徘徊」,鏡頭移動中實有相當的「控制力」。讀梁秉鈞這三首街道詩,我們隱約感到主體對空間、時間、生命的意識。

詩人沿着一條街道遊逛,整個肉身就在一個特定的空間中,他停停走走,空間刻刻轉變,時間刻刻流逝;也就是說,主體在街道上漫遊,本身就經歷着空間與時間的變化,大量彷彿與主體無關的人事物迎面而來,與無聲的時間一同在眼角後移、流逝,沒有太多事物能駐存在遊者的眼中、心中。梁秉鈞感興趣的,或者說顯然更加關注的,是「長廊式」的空間流動過程中,相遇的人事物在「當下」、「瞬間」的興現,那些常見卻不易察覺的細微變化——時間的足音、光影與刻痕,他要留住在人的意識中最容易逸失的平凡、微小的存在物。〈傍晚時,路經都爹利街〉中的遊者,游目四顧,在可及的空間中作全方位、微觀式的視覺捕獵,而他同時捕捉到時間——時代正加快轉變,「巨大的電線輪轆」推着都

25　見 Bruce F. Kawin 著,李顯立等譯:《解讀電影》(台北:遠流出版事業股份有限公司,1996),頁 259。

市滾動,能源的替換,推動着事物的替換——這條街道保存着「最後的煤氣燈」,在街道掘了又鋪、建築物拆了又建的過程中,許許多多的事物,就像商店的櫥窗中,偶然一點嫩黃的柔和「閃逝」。詩中一直移動的鏡頭,最後停住了,停在整首詩最聚焦的地方,詩人(導演)引領讀者特別細看、留神之處——工地中的建築材料(都市化的建造力量),暗示空間的轉變,新的都市建築物將取代那些灰舊的建築。

在探索、理解香港都市化過程中的轉變,梁秉鈞一直沒有忽略生活在其中的人,〈傍晚時,路經都爹利街〉其實可以全面「物化」,但詩人還是寫到了「四個印度人坐在旬那行前/絮絮地談進夜去」這樣有人氣的一筆。〈拆建中的摩囉街〉鏡頭一開,就攝進了一個蹲在路邊的老人:

> 正午的太陽照着
> 一個蹲在路旁的老者
> 鐵灰色的佝僂的背
> 污水淹至他的後跟

這幾句詩,如果加上標點,一般人的理解是:「正午的太陽照着一個蹲在路旁的老者鐵灰色的佝僂的背,污水淹至他的後跟。」太陽的照向非常聚焦,在隱藏的觀者眼中和感覺中,是照向一個蹲在路旁的老者鐵灰色的佝僂的「背」;此一弓背頂着正午太陽的老者形象,在讀者心中喚起的感覺,勢必因人和物負載的文化和象徵意蘊,在詩中各種意象、色彩、情調的交互關係中引發多向的詮釋,讀者甚至可以說,這暗含了詩人對這類平凡小人物生存狀態的正面理解、情感

認同。

結尾寫鐵器舖的鎚聲,「一聲緊似一聲」,表面不及人,實則還在寫勞動中的人;「白帝城高急暮砧」,梁秉鈞不像杜甫用「急」字而用「緊」字,自然把某些對用字特別敏感的讀者引向聲音以外的、生活的聯想。〈拆建中的摩囉街〉用近鏡、慢鏡,在擺放古物、舊物的攤子間移動,彷彿時間在這個空間中流動得特別慢,徘徊不去,甚至凝住了:

> 舊式熨斗中沒有炭
>
> 電鐘沒有通電
>
> 書籍沒有人翻閱
>
> 舊衣服中,沒有肢體
>
> 蒙塵的鏡面上
>
> 映出一疊朦朧的古錢

摩囉街彷彿是棄物、舊物、廢物(詩中不乏「棄」、「舊」、「廢」的字眼)的收容所,因為人對時間的情結、戀念,轉化在凝住了時間的舊物身上,這些東西就在香港都市化、現代化的過程中,而保有某種價值;物質化了的時間,總是不斷被人尋找(本地人、外國遊客);而這些彷彿無用之物,卻成了「街頭擺賣」的人的營生之活(很多都是老人)。在這些街道詩中,我特別留意「了」字句。如果說,〈傍晚時,路經都爹利街〉「街道兩旁的泥土翻上來了」,「了」字帶有一點發現的喜悅語氣;那麼,〈拆建中的摩囉街〉「堆滿廢鐵和舊木板/街道顯得更狹窄/也更多灰塵了」中的「了」字,則帶有一點理解,甚至諒解的語氣,而這和梁秉鈞對平凡人物的感情

有內在的關係。

〈羅素街〉在這方面更為明顯。詩中兩度敘說這條潮濕、泥污、攤子密集、人群擁擠的街道，使一個忽忙的路人難以移前；路人的求快心理，和詩中事物緩慢、細緻的興現形成時間上的張力。如果用電影拍攝，一個急匆匆要趕路的人，上半身誇張搖動，而下半身幾乎不動，與慢鏡中迎面而來的事物交互興現。但這首詩在鏡頭運用上更大的特色，是刻意並置鮮亮與灰暗的事物，尤其在開端：

> 橙和香蕉
>
> 還有枇杷的鮮明
>
> 化作攤上一列
>
> 鹹魚灰滯的眼睛
>
> 仰視一朵黃菊
>
> 閃着水光，瓣疊着瓣
>
> 嫩綠的生菜盛滿一個竹籮
>
> 猶如乾枯的冬菇和魷魚
>
> 盛在棕皮紙袋中
>
> 　　　偶然的溢出：
>
> 一個鮮紅的蕃茄在路旁的黑色水上

「水果的『鮮明』→鹹魚『灰滯』的眼睛→閃着『水光』的黃菊」是一組鏡頭；「『嫩綠』的生菜→『乾枯』的冬菇和魷魚」是另一組鏡頭；「一個『鮮紅』的蕃茄在路旁的『黑色』水上」自成一組鏡頭。詩人利用蒙太奇技巧不斷並置亮麗與灰暗的事物，並非純粹出於色彩對比的技術性考慮，而是要突出市

場給他最強烈的印象：各種色彩鮮亮的事物總是與灰灰黑黑的事物相互映襯，而那些色彩鮮亮的事物，又予人強烈的生命感（水果、蔬菜、鮮花，生命成熟、收割的時刻），甚至在銅盆中的黃鰭小魚，詩人的目光，是聚焦於牠微弱地振動的「魚鰓」（生命的律動）。於是，空間的游移、色彩的對比以外，我們感到鏡頭移轉間時間、生命的流變。但在作者的感覺裏，即使是死去的鹹魚也是有生命和意識的（能仰視黃菊閃着水光），他不說辣菜的表面沾着紅色的辣椒，而說「棕色的身體上絲絲血液」。反覆閱讀這幾句詩吧：

> 當秤尖翹起
>
> 秤錘沉重地垂下
>
> 多年的灰色與棕色沉墜下來
>
> 面孔的漩渦
>
> 淤積成街道的黑疤
>
> 馬鈴薯和紫色的茄子
>
> 暫時把它掩蓋一個早晨

所有在這個市場上存在過的事物：水果、蔬菜、鮮花、冬菰、魷魚、剝豌豆的婦人、黃鰭的小魚……在時間（多年）魔幻的漩渦中，它（牠／他／她）們的面孔迴旋下沉，各種鮮亮的色彩，都會變成鹹魚的「灰」、紙袋的「棕」，最後淤積成街道的黑疤。但新一天的早晨，顏色鮮亮的蔬菜（如馬鈴薯、紫色的茄子）又運到這裏，暫時把那些黑疤掩蓋。這些觀照深刻的詩句，空間、時間、生命意識揉雜；而詩人對這條街道的感受，其實離不開民生，離不開平凡的人和物在一

個空間的活動，其中的生活氣息、情調、存在影像。所以在
詩的後半，我們會讀到這樣抒情的輕問：「瓶罐、竹籃和舊
盆／可以帶走多少／曬乾多時的紅棗和無花果？」可以帶走多
少呢？但詩人的感情是變得「沉重」了，因為這些事物，將
會「像屋宇一般陳舊下去」，甚至會被新的事物取代、淘汰；
於是，一直沒有冷意的場景，到詩末就「冷」起來了，卻是
冷中有熱：「冷風中沉沉晃動一個鐵爐的火」，那是生活的
火，也是詩人對這些終將被時間「帶走」的、平凡人物的溫
暖感情。梁秉鈞在《山水人物‧前記》中說：

> 我常想把我遇到的人物和風景記下來，不是為
> 了紀錄，而是存心留神。寫東西幫助我學習觀看，
> 找尋事物的意思。我接觸的多是平凡的人物，尋常
> 的風景，不是名勝，即使離島的山水，也有生活的
> 磨蝕了；……我只想知道多點不同地方的人如何
> 生活，並想若了解多點，或許就可以幫助我們避免
> 許多偏見了。世上這麼多人，有不少令我欣賞的
> 質素，我不想提出甚麼口號，我向自己謙卑地提出
> 「留神」：從一個人對另一個人的留神，一個人對一
> 條街道的留神開始。[26]

梁秉鈞對人、對街道「留神」，尤其敏於發現都市化過程中
事物的轉變。一如〈傍晚時，路經都爹利街〉，〈羅素街〉的
遊旅，也是停在都市化的事物之前：

26　也斯：《山水人物》(香港：香港文學研究社，1980)，頁 1-2。

　　　到了街尾

　　　迎面是橫堵的天橋

　　　那裏昔日原是一道水渠

用空間事物的轉變寫時間的轉變，傳統市集般的街市，被都市化的天橋「橫堵」，不啻是一種隱喻。「天橋」的建設，對於詩中匆忙、難以在櫛比的小攤旁移前的路人，可説是某種回應——突破阻隔與擠迫、更為快捷。

　　梁秉鈞這幾首街道詩，由於運用電影鏡頭移動的技巧，使讀者有一種貼近現實世界的空間經驗。大量微小的事物在這個空間中瞬間興發，又瞬間消失；特寫的鏡頭使之在視覺上作「空間的擴張」，「佔據」讀者的視界和意識。詩人為了展示其穿透式的觀察力、發現的「不凡」，也盡力在創作過程中開發各種潛在空間——外部與內部的空間、當下與過去的空間、暴露與內藏的空間、鏡外與鏡內的空間，形成詩中不同空間活動的經驗。又由於作者選擇描寫的事物，很多都是舊物，具有「過去式」的時間標記，加上他的意識總是流向特定空間中的事物經時間淘洗後在色彩、形態、性質、功能上的變化，或者事物消失後的空間新貌，空間與時間意識總是相互激發。而這些事物都與人發生互動的關係，以其生命的律動與姿采吸引着詩人的目光，詩人的生命、意識也同時參與其中，向我們呈現他活在其中的世界、對城市文化的觀察與理解——從一條又一條小小的街道開始。

七、後話：街道今昔與本土情懷

　　香港開埠初期，A. R. Johnston, Robert Montgomery Martin, Murdoch Bruce 等畫了一些畫，記下了他們眼中香港的農村圖景、海港風貌、居民生活、建築特色，部分更以街道、街道上的人事活動、相鄰的建築物為焦點，成為香港開埠初期歷史的圖像紀錄（visual record）。梁秉鈞這三首街道詩，用電影鏡頭移動的技巧，記錄了七十年代他在這三條街道「眼睛的漫遊」的印記與體驗，留下了文字的「影像」。這三首詩分別寫出了三條街道的不同特色，但以局部想見全體，讀者仍可據此為七十年代的香港「把脈」，隱約感知彼時香港的脈搏跳動；也就是通過一個小空間的事物變化，想見一個具從屬關係的大空間的變化。在這些詩中，我們常常看到「拆建」、「拆了又建」（拆建至今！）等字眼，看到狹窄而擠迫的街道，有的保留較多傳統的、陳舊的事物，卻不乏城市化的建築；有的城市化建築已成主貌，卻仍殘留，或以某種商業形式留住傳統的、陳舊的事物。但強大的建設力量，各種外來的文化，正不斷改變這個城市。所以梁秉鈞說：「城市的文化除了是東方和西方、還是村鎮和都市、傳統和現代等種種矛盾混雜的多元文化。」[27]

　　香港的街道不斷變化，有的變化較慢，有的則經歷了翻天覆地的改變。重讀梁秉鈞這三首街道詩，難免今昔街道的「參差對照」。今天的摩囉街（摩羅街）和梁詩中的描述

27　〈書與城市（代序）〉，見《書與城市》，頁 3。

差別較小;但梁秉鈞一九七四年創作〈拆建中的摩囉街〉,這一年摩囉街一帶重建,摩囉下街在重建後幾乎完全消失,變成了樂古道。[28] 詩人其實捕捉了一條街道的歷史性劇變時刻,這並不顯眼的歷史留白,有待細心的讀者填補,結合詩的內容分析。都爹利街,今天有不少售賣摩登家具、燈飾的商店;賣古書畫、工藝品的店舖,我只在某商廈的三樓看見一間。傍晚時你路經那裏,如果那天是星期天或公眾假期,你會看到坐在「石階」上絮絮地談進夜去的菲傭,而不是七十年代在洋行、銀行、金行門外常見的印度人。此外,你還會看見打上這個時代印記的商店,例如「THE SPA By VALMONT」;如果「SPA」在香港只是個短暫活躍的「符號」,你把這事物寫進詩裏,幾十年後的讀者,可以「想見」今天的香港流行水療、美容。至於「最後的煤氣燈」,梁詩指涉香港路燈的發展歷史,也需要讀者填補──這幾首詩,總暗藏需要讀者對香港某段街道歷史作文本互涉(intertextuality)的釋義點──這四盞香港最後的煤氣燈,已成了都爹利街吸引遊客的景點,你還會在雪廠街與都爹利街交界的一塊紫色板上讀到這段文字:

---

28 〈舊地重遊:有「貓街」之稱的摩羅街〉一文這樣說:「於 1960 年代,接近樓梯街的一段摩羅下街,有多間唱片店及檔口,成為港島的唱片集中地。摩羅上下街的全盛時期為 1970 年代初。這區於 1974 年進行市區重建,上下兩街的舊樓幾全被拆卸,風貌全失。而大部分摩羅下街亦告消失,原來連接附近的地段闢建為可以行車的『樂古道』。」見《成報》副刊(2006 年 3 月 11 日)。

都爹利街石階及煤氣路燈

都爹利街的花崗石階早於 1875 至 1889 年間建成。1979 年 8 月 15 日，都爹利街石階及其兩旁的四盞煤氣路燈同列為法定古蹟。

根據製造商 Suggs & Co. 的產品目錄，該四盞煤氣路燈屬雙燈泡羅車士打款式，是 1922 年的產品，但其實際安裝年份不詳。由於四盞路燈裝置於石階兩旁扶手之上，其燈柱較一般煤氣路燈為短。

香港中華煤氣有限公司於 1862 年成立，為香港的街道提供照明服務。煤氣路燈因無需以人手添加燃料，很快便取代了煤油路燈，而香港亦成為東亞區率先使用煤氣路燈的城市。當時的煤氣路燈，每天須由專人用長竿逐一燃點或熄滅。

二次大戰後，全港的煤氣路燈逐漸被電燈取代。現僅餘矗立於都爹利街石階兩旁的四盞煤氣路燈，是由香港中華煤氣有限公司供應煤氣及負責維修，並已裝設自動開關掣，每天於晚上六時開燈及早上六時關燈。

都爹利街的石階和煤氣路燈

羅素街呢，可真是「街」面全非了，市民大除夕湧到熱鬧、繁華、摩登的銅鑼灣時代廣場倒數，而時代廣場的所在地，正是羅素街。如果我們領着一群學生在羅素街讀梁秉鈞的詩，在當下現實的街道與詩中過去的街道之間「漫遊」，他們不但通過梁詩認識七十年代攤子密集、人群擁擠、地上潮濕與泥污的羅素街，知道那條橫堵的天橋，昔日原是水渠；更會比對今天羅素街的轉變，反覆來回，作多層的閱讀和參照，對空間、時間、生命、人事的轉變當有更深的感受。教統局其實可以舉辦「詩與街道──香港文學散步」，讓學生由認識一條街道到認識香港歷史，由認識七十年代梁秉鈞眼中的香港街道到細察這些街道今天的變化，培養觀察力，並學習梁詩的技法描寫此時此刻的街道，將來我們或有更多參差對照的詩中街道。

讀香港五、六十年代南來作家所寫的文學作品，我們

王良和與學生在羅素街閱讀梁秉鈞的〈羅素街〉

窺見依戀中原、被迫暫寄香港的作家，多不願正視、認同這個被殖民統治的小島，甚至語多批判。雖說戰後在香港出生成長的一代在香港共同的生活體驗、六十年代的文社活動、六七暴動後港英政府舉行香港節、商業性的大眾媒介在六十年代以後迅速發展，以及香港經濟起飛，市民的生活質素提升，對香港產生歸屬感、自豪感等因素，都有助七十年代本土意識的興起；但這時候的「香港本土意識」，卻是「一個廣泛、有彈性的感覺，多於一套明確的意識體系」[29]，不同的人往往有不同的本土意識內涵。它體現在梁秉鈞身上，既沒有窄化、簡化為「我愛香港」，熱烈認同、擁抱本土的姿態，也沒有顯出自我膨脹的優越感；而是渴望更深入認識、了解這一個地方——從街道出發，對本土事物、日常生活「留神」，冷靜觀察，省思，甚至質疑。[30]他住在香港，熟悉香港，卻像遊客來到一個陌生的地方一樣，事事感覺新鮮，處處保持「經驗的距離」——因為熟悉，反而害怕麻木和盲目；因為常見，反而害怕視而不見並且懷有成見，因而以「重認」、「細認」本土事物，「看」多於「說」、「感受」多於「評斷」的態度審視、理解、省察這個成長的地方。這種「距離的組織」，是否顯示梁秉鈞對「本土」其實並不認同？

29　吳俊雄：〈尋找香港本土意識〉，見吳俊雄、張志偉編：《閱讀香港普及文化 1970-2000（修訂版）》，頁 93。

30　〈香港〉十首技法多變，並非純以「打開場景，隱退一旁」的方式描寫物態，像〈影城〉「堂皇的建築剝落／叫人相信它的灰塵／直至我們繞到背後／才見那支撐的竹架，才見那／空虛的底裏」；詩中的敘述者在帶引讀者「觀看」影城的過程中，不斷質疑那些「虛假的裝飾」。見《雷聲與蟬鳴》，頁 129-132。

我的看法是：這樣的「冷觀」，其實也可理解為進一步的「熱讀」──一種對本土更為深摯的感情。梁秉鈞的好友李國威（1948-1993）曾說：「他〔梁秉鈞〕對香港這城市懷有一份深厚的感情，自童年時代從近乎鄉村的黃竹坑搬到北角，他便處處留神，城市的街道、人群、山水、光影、顏色、歡樂與哀傷，深深地吸引着他。香港在蛻變，他的感受和思考與歲月一起累積，也在寫作中留下永不磨滅的痕跡。」[31] 我們拿同是寫於七十年代的〈澳門〉、〈廣州、肇慶〉、〈台灣〉等一系列遊詩，與〈香港〉十首對比閱讀，就會發現其中的分別。梁秉鈞對香港的理解與摸索、在香港成長的經驗、對香港的感情，往往轉化為一個敍述、判斷的句子，或一個難以說得清情感內涵的意象，或讓我們讀後引發無限感興的語句。〈澳門〉、〈廣州、肇慶〉、〈台灣〉，雖說像前論的三首香港街道詩，多以攝影機式的手法寫成；但你不易找到「路上永遠的潮濕與泥污」、「迎面是橫堵的天橋／那裏昔日原是一道水渠」（〈羅素街〉）·「富有的店家移上一條街道開設新店／另一些留下來在街頭擺賣」（〈拆建中的摩囉街〉）等要長時間生活在其中才能有的認識、觀察；也難以讀到「推開奔馳的窗／只見城市的萬木無聲」（〈北角汽車渡海碼頭〉）這些抒發城市生活感受，體驗深刻、觀照獨到，卻又舉重若輕的詩句；或是「又一輛孤獨的電車／轉過彎角／擦出一閃青色的光芒」（〈寒夜·電車廠〉）這樣長年累月沉積對電車、生活

---

31 李國威：〈序〉，見也斯：《山光水影》（香港：牛津大學出版社，2002），頁 ix。

的感受，而鑄造的情感複雜的意象與視景。換言之，本土意識、本土情懷與〈香港〉十首的關係，題材之外，還需要從詩的「質」上細察；〈香港〉十首的豐富、複雜、深醇，不純是藝術技巧的問題，是因為詩人對本土的生活、環境、人事更投入，更感興味，不斷「反芻」；對本土的情感，更豐富，更複雜，更深沉，因而有相應、相異的藝術轉化。對梁氏這些詩作顫動着的本土意識、本土情懷，我們需要向更深、更底層的地方探挖。而梁秉鈞把對本土平凡事物的觀看熱情、取材偏好向外「輸出」、擴散，在文學事業的實踐上影響、感染其他人，發展下去，可以形成一個「文學團夥」的意識形態、文學趣味、心理定勢。閱讀 1127 期《周報‧詩之頁》「香港專題」的詩作，讀者或許會感到吳煦斌（吳玉英，1949- ）的〈銅鑼灣海傍大道〉、張景熊（小克，? -2016）的〈三號和二十三號公共汽車行駛的新路線——給秉鈞〉，有點「梁氏詩風」的格調。

梁秉鈞創作〈香港〉十首的過程中，藝術意識相當自覺，他對這種詩的技法、創作路向，其實充滿自信：「我們今天如果寫詩，一個值得嘗試的做法，或許是以意象烘托的技巧，而所表現的又是不脫離生活的經驗吧。」[32] 回應友人說香港不是個「詩情畫意」的地方，他這樣說：

> 香港是個沒有文化的都市，許多人都這樣說過了。
> 這地方不能提供悠閒的生活與思索的餘閒，不過，

---

32 〈緩和殘酷的力量〉，見《書與城市》，頁 44。此文寫於 1973 年 9 月。

另一方面說，卻可以讓我們感受到最尖銳的衝突，最複雜的揉〔糅〕合。不是置身在漁塘的小舟上垂釣，而是在驚濤駭浪的船中，眼看社會、經濟、政治種種驚人的變化，看古今中外的各種奇奇怪怪的混合。而這些東西，對於那些有志從事藝術工作的人來說，卻也未必是壞事。它供給了他們豐富的素材、敏銳的感受，以及狹窄然而卻複雜的背景。如果香港將來還會出現藝術家和作家，恐怕就不會是田園詩人式的人物，而是認識清楚環境的限度而又不失其警覺性的人物了。詩仍然存在，但詩人對詩的看法一定跟以前不同。一種新的詩會產生出來。[33]

是的，一種新的詩會產生出來，就在梁秉鈞說這番話時，一種新的詩正在產生，並且有可能成為七十年代香港新詩的經典──詩人與街道相遇，乃有眼睛的漫遊；古典與現代互印，乃有〈香港〉十首。

33　〈無詩之地〉，見《書與城市》，頁 112-113。此文寫於 1973 年 8 月。

故事新編與內在真實
——析劉以鬯的〈蜘蛛精〉

一、〈蜘蛛精〉與《西遊記》及「西遊記電影」

劉以鬯（劉同繹，1918-2018）的短篇小說〈蜘蛛精〉創作於一九七八年十二月二十九日，[1] 這時，劉以鬯六十歲；依那時候的觀點，六十歲可說步入老年。但〈蜘蛛精〉的題材卻很「年輕」——色誘，不是一般男人受到色誘，而是具有佛性的唐僧受到蜘蛛精色誘——唐僧是釋迦牟尼如來佛的二徒弟「金蟬子」的真靈轉世。

唐僧與蜘蛛精的故事，源於《西遊記》，但《西遊記》一書，並無蜘蛛精色誘唐僧的情節。唐僧到西天取經的過程，遇到許多女妖精，有的想吃他的肉，像白骨精、蜘蛛精，因為吃了唐僧肉，可以延壽長生；有的想與他歡好，像蠍子精、老鼠精、玉兔精，玉兔精更自言與唐僧有宿緣。她們想

1　本論文採重刊於《香港文學》1 期（1979 年 5 月）的〈蜘蛛精〉版本，以誌筆者唸中三下學期時（1979 年 6 月 23 日）據此版本寫下第一篇論文〈評析劉以鬯的《蜘蛛精》〉（刊於《大拇指》104 期，1979 年 10 月 15 日），並以〈評析劉以鬯的《蜘蛛精》兼論短篇小說的價值〉，獲第七屆青年文學獎文學批評初級組亞軍，此文刊於《第七屆青年文學獎文集》（香港：第七屆青年文學獎籌委會，1981）。收入梅子編《劉以鬯卷》（香港：天地圖書公司，2014）中的〈蜘蛛精〉，文字與《香港文學》版本相比有輕微改動。

與唐僧成親，因為他是「十世修行的好人，一點元陽未泄」
（三十二回），得了唐僧的真陽，可以成為太乙金仙，連唐僧
也自言：「我的真陽為至寶。」（五十五回）《西遊記》中，蠍
子精色誘唐僧的過程，較接近後世蜘蛛精色誘唐僧的改編想
像，見於第五十五回「色邪淫戲唐三藏　性正修持不壞身」：

> 卻說那女怪放下兇惡之心，重整懽愉之色。
> 叫：「小的們，把前後門都關緊了。」又使兩箇支
> 更，防守行者；但聽門響，即時通報。卻又教：
> 「女童，將臥房收拾齊整，掌燭焚香，請唐御弟
> 來，我與他交懽。」遂把長老從後邊攙出。那女怪
> 弄出十分嬌媚之態，攙定唐僧道：「常言『黃金未
> 為貴，安樂值錢多。』且和你做會夫妻兒，耍子去
> 也。」這長老咬定牙關，聲也不透。欲待不去，恐
> 他生心害命；只得戰兢兢，跟着他步入香房。卻如
> 痴如瘂，那裏擡頭舉目，更不曾看他房裏是甚床鋪
> 幔帳，也不知有甚箱籠梳妝。那女怪說出的雨意雲
> 情，亦漠然無聽。好和尚！真是那：
>
> > 目不視惡色，耳不聽淫聲。他把這錦繡嬌
> > 容如糞土，金珠美貌若灰塵。一生只愛參禪，
> > 半步不離佛地。那裏會惜玉憐香，只曉得修真
> > 養性。那女怪，活潑潑，春意無邊；這長老，
> > 死丁丁，禪機有在。一箇似軟玉溫香，一箇如
> > 死灰槁木。那一箇展鴛衾，淫興濃濃；這一箇
> > 束褊衫，丹心耿耿。那箇要貼胸交股和鸞鳳，

這箇要面壁歸山訪達摩。女怪解衣，賣弄他肌香膚膩；唐僧斂衽，緊藏了糙肉粗皮。女怪道：「我枕剩衾閒何不睡？」唐僧道：「我頭光服異怎相陪。」那箇道：「我願作前朝柳翠翠。」這箇道：「貧僧不是月闍黎。」女怪道：「我美若西施還嬝娜。」唐僧道：「我越王因此久埋屍。」女怪道：「御弟，你記得『寧教花下死，做鬼也風流』？」唐僧道：「我的真陽為至寶，怎肯輕與你這粉骷髏。」

他兩箇散言碎語的，直鬭到更深，唐長老全不動念。那女怪扯扯拉拉的不放，這師父只是老老成成的不肯。直纏到有半夜時候，把那怪弄得惱了。叫：「小的們，拿繩來！」可憐將一箇心愛的人兒，一條繩細的像箇猱獅模樣。又教拖在房廊下去，卻吹滅銀燈，各歸寢處。[2]

在吳承恩（1506-1582）筆下，唐僧受到蠍子精色誘，「目不視惡色，耳不聽淫聲」、「一生只愛參禪，半步不離佛地」、「只曉得修真養性」、「禪機有在」、「丹心耿耿」；全知的敍述者通過一誘一定的反覆來回「照像」，讓讀者看到表裏如一、禪心堅定、毫無色欲的唐僧形象，而總結道：「他兩個散言碎語的，直鬭到更深，唐長老全不動念。」這正是我們在電影、電視、戲劇中幾乎「必然」看到的唐僧形象。

2　吳承恩原著，徐少知校，周中明、朱彤注：《西遊記校注（二）》（台北：里仁書局，2014），頁 1002-1003。

　　《西遊記》既有蠍子精色誘唐僧的情節，為甚麼近世卻在電影、電視、戲劇中發展出《西遊記》本無的蜘蛛精色誘唐僧的故事？蜘蛛精與唐僧的故事，見於《西遊記》七十二回「盤絲洞七情迷本　濯垢泉八戒忘形」、七十三回「情因舊恨生災毒　心主遭魔幸破光」。其中「盤絲洞七情迷本　濯垢泉八戒忘形」，的確有改編為「色誘」情節的潛力。此回寫到「七個」美麗的蜘蛛精，比「一個」蠍子精當然更有看頭。而最重要的是，吳承恩在此回加入了「香豔」的情節，寫七個蜘蛛精在濯垢泉赤裸出浴──在開放的社會，這就有拍成商業電影的賣點。和處理蠍子精色誘唐僧的情節不同，吳承恩不寫蜘蛛精色誘唐僧，反而寫唐僧遠觀蜘蛛精時，以唐僧的視點，突出蜘蛛精之美：

　　　　長老見那人家沒箇男兒，只有四箇女子，不敢進去。將身立定，閃在喬林之下。只見那女子一箇箇：

　　　　　　閨心堅似石，蘭性喜如春。

　　　　　　嬌臉紅霞襯，朱唇絳脂勻。

　　　　　　蛾眉橫月小，蟬鬢疊雲新。

　　　　　　若到花間立，遊蜂錯認真。

　　　　少停有半箇時辰，一發靜悄悄，雞犬無聲。[3]

　　唐僧先是在喬林下看四個女子（實為蜘蛛精）在茅屋窗前「刺鳳描鸞做針線」，看她們臉、唇、眉、鬢之美，看了「半個時辰」，用今天的話說，就是一個小時。唐僧走到橋

3　吳承恩原著，徐少知校，周中明、朱彤注：《西遊記校注（三）》，頁1286。

上，又看見茅屋裏，三個女子在亭子下踢氣毬。敍述者首先描寫唐僧眼中女子衣裙、體態之美，然後是女子踢氣球的動態，直到「一箇箇汗流粉膩透羅裳」。唐僧看着看着，竟「看得時辰久了」——吳承恩似乎一再以「看女」時間之長，暗示唐僧起了凡心。甚至孫悟空初見這七個女妖精，也覺其「比玉香尤勝，如花語更真。柳眉橫遠岫，檀口破櫻唇。釵頭翹翡翠，金蓮閃絳裙。卻似嫦娥臨下界，仙子落凡塵」，由此疑心師父獨自到那裏化齋的原因，笑道：「怪不得我師父要來化齋，原來是這一般好處。」這七個蜘蛛精寬衣解帶在濯垢泉洗澡的過程，都被孫悟空見到了；吳承恩破天荒用非常香豔、在衛道者眼中相當污穢的用語描寫孫悟空眼中蜘蛛精的胴體：

> 褪放紐扣兒，解開羅帶結。
>
> 酥胸白似銀，玉體渾如雪。
>
> 肘膊賽冰鋪，香肩欺粉貼。
>
> 肚皮軟又綿，脊背光還潔。
>
> 膝腕半圍團，金蓮三寸窄。
>
> 中間一段情，露出風流穴。[4]

出浴的蜘蛛精美得連孫悟空都不欲打死她們，找了個「打便打死他，只是低了老孫的名頭」的理由給自己，「搖身一變，變作箇餓老鷹……把他那衣架上搭的七套衣服，盡情

4　吳承恩原著，徐少知校，周中明、朱彤注：《西遊記校注（三）》，頁1293。

彫去」；結果蜘蛛精要「赤條條的跑入洞裏，侮着那話，從唐僧面前笑嘻嘻的跑過去」，其情其境，真是引人遐想。

至於豬八戒，行徑更糟，他在七個蜘蛛精出浴時，變成鯰魚精在她們的「腿襠裏鑽」：

> 不知八戒水勢極熟，到水裏，搖身一變，變做一箇鯰魚精。那怪就都摸魚，趕上拿他不住，東邊摸，忽的又潰了西去；西邊摸，忽的又潰了東去；滑扢蓫的，只在那腿襠裏鑽。原來那水有攪肚之深，水上盤了一會，又盤在水底，都盤倒了，喘噓噓的精神倦怠。[5]

聞一多（1899-1946）〈説魚〉用「隱語」詮釋《詩經》，歸結「魚」為「匹偶」、「求偶」、「合歡」等意的隱語。[6] 豬八戒變成鯰魚精，滑潺潺的在赤裸的蜘蛛精腿襠裏鑽，其情其境，真是極之情色。可以説，《西遊記》描寫七個蜘蛛精出浴的這一回，不但有最香豔也最污穢的文字，而唐僧和兩個徒弟的行徑，更令人側目。美麗的女妖精在泉中出浴、悟空窺浴、八戒變成鯰魚精在女妖的腿襠間鑽、唐僧似動色念，如此「七情迷本」的情節，的確有極大的誘因，使人浮想聯翩，讓劇情在腦中生化改造、自編自導。

5　吳承恩原著，徐少知校，周中明、朱彤注：《西遊記校注（三）》，頁1295。

6　聞一多：〈説魚〉，見《聞一多全集1》（北京：生活・讀書・新知三聯書店，1982），頁117-138。

一九二七年，上海影戲公司拍攝了以《西遊記》為題材的電影《盤絲洞》，由但杜宇（1897-1972）導演，管際安編製，殷明珠（1904-1989）主演（飾演蜘蛛精）。此默片在上海首映，票房「一日收入，達二千餘金」，「實創中國影片在上海開映之新紀錄」。[7] 據鄭逸梅（1895-1992）憶述，《盤絲洞》放映時，「萬人空巷，各影院連賣滿座」[8]，十分哄動。電影《盤絲洞》乃《西遊記》七十二回的改編，加入了蜘蛛精色誘唐僧、逼婚的情節，而蜘蛛精裸浴、豬八戒變成鯰魚入池與眾女妖謔浪嬉戲，更是「吸睛」的賣點。片中女角，以當時的尺度看，可說衣著暴露，時見上穿肚兜，露胸肩，展玉背；下穿短褲，玉腿畢現的鏡頭。[9] 這是目前已知《西遊記》搬上銀幕、加入了蜘蛛精色誘唐僧的情節的濫觴。

7　〈滬上各製片公司之創立史及經過情形〉，見徐恥痕編：《中國影戲大觀》（上海：上海合作出版社，1927），頁 6。

8　鄭逸梅：《影壇舊聞——但杜宇和殷明珠》（上海：上海文藝出版社，1982），頁 33。

9　《盤絲洞》為但杜宇帶來豐厚利潤，激發他拍續集，1929 年推出《續盤絲洞》。但《盤絲洞》之情節和大膽的裸露鏡頭，當時已引起媒體抨擊，指為「惡俗不堪」。此片 1930 年被禁，拷貝失傳；可幸 1929 年挪威引進了中國第一部影片《盤絲洞》（在挪威譯名為《蜘蛛精》），並被挪威保存下來。2011 年，挪威國家圖書館電影修復員蒂娜・安卡曼（Tina Anckarman）在挪威國家圖書館北部諾爾蘭群拉納市摩鎮的電影收藏中心發現該片的拷貝，見此深具歷史價值的電影拷貝已有溶解跡象，加以修復；而挪威國家圖書館把修復後的電影拷貝複製送贈中國電影資料館。2018 年 10 月 18 日，此片在上海美琪大戲院以默片現場配樂音樂會的形式上映，吸引了千餘名中外觀眾入場欣賞。見〈九十年前吳江黎里人主演的《西遊記》也是經典〉，https://kknews.cc/entertainment/x5oqjag.html，瀏覽日期：2019 年 6 月 3 日。

《盤絲洞》中的唐僧與蜘蛛精

　　在香港的《西遊記》電影史中，一九四九年陳平導演的《豬八戒打爛盤絲洞》，也有蜘蛛精色誘唐僧的情節。而演「蜘蛛精」深入人心的，相信是李香琴（1932- ）了。一九五九年《鐵扇公主神火破天門》，李香琴飾演蜘蛛精，蘇少棠飾演唐僧，已有七個蜘蛛精出浴、色誘唐僧的一幕。一九六二年李香琴在電影《馬騮精出世》中再演蜘蛛精。而一九六五年陳焯生導演的《孫悟空大鬧雷音寺》，由李鳳聲（1933- ）反串飾演唐僧、李香琴飾演蜘蛛精。在這齣電影中，導演放大蜘蛛精色誘唐僧的過程，是電影中的亮點。蜘蛛精向唐僧勸飲，叫唐僧不要去路途遙遠、崇山峻嶺的西天取經，不如留在她那裏談風說月；唐僧一聽，連忙雙掌合十：「罪過罪過，阿彌陀佛。」蜘蛛精發嬌嗔，纖指輕戳唐僧白滑的臉：「佛佛佛，真係佛都有火呀！」然後拉拉扯扯，「來啦！來啦！」的要唐僧和她風流快活。唐僧不為所動，蜘蛛精色迷迷的展露惡作劇的邪眼淫笑，露出雪白的雙肩，蝴

《孫悟空大鬧雷音寺》中的唐僧與蜘蛛精

蝶般晃動薄如蟬翼的白紗引誘唐僧，唐僧不為所動。**蜘蛛精說：「大師，你係唔係人嚟嘅啫，點解你不解風情嘅，吓？」**

　　為甚麼我要細緻地交代上述電影中蜘蛛精色誘唐僧的過程和對話，更特別用黑體標示「大師，你係唔係人嚟嘅啫」的原汁原味粵語對白？因為這正是劉以鬯創作〈蜘蛛精〉一文的用心所在。

　　劉以鬯一九一八年十二月七日生於上海。一九二七年二月二日上海放映電影《盤絲洞》時，劉以鬯不足九歲，不大可能看過這麼出位的電影，卻可能從媒體中聽過。一九四八年，劉以鬯獨自來港，一九四九年香港放映《豬八戒打爛盤絲洞》，此後李香琴飾演的多部蜘蛛精電影，以至一九六七年邵氏拍攝的彩色電影《盤絲洞》，劉以鬯可能看過。即使沒有看過，七十年代香港的電視常常放映粵語長片，也可以在粵語長片中看到。筆者成長於七、八十年代的電視黃金歲月，《西遊記》的粵語長片，童年時看了不少，印象最深的，就是李香琴飾演的蜘蛛精。我想說的是，在香港，很多沒

有看過《西遊記》原著的人，因為電影、粵語長片的改編，普及傳播，往往誤以為蜘蛛精色誘唐僧是《西遊記》原有的情節。〈蜘蛛精〉未必是劉以鬯刻意接合《西遊記》五十五回蠍子精色誘唐僧和七十二回七個蜘蛛精在濯垢泉出浴的情節而來；作者的創作靈感更有可能源自二十年代以來一齣一齣《西遊記》的電影改編，而香港電影給他最多靈感的刺激。在劉以鬯創作於六、七十年代的四個故事新編中——〈寺內〉（1964 年作，1981 年修改）、〈除夕〉（1969 年作，1980 年修改）、〈蛇〉（1978）、〈蜘蛛精〉（1978），〈蜘蛛精〉是最富電影感的。

二、表淨裏髒：顛覆唐僧形象

〈蜘蛛精〉全文約二千二百字，手法經濟，剪裁見功力。[10] 劉以鬯從七個蜘蛛精出浴被孫悟空偷去了衣服，光着屁股從荒野奔回盤絲洞寫起，但五分四篇幅，卻是寫蜘蛛精色誘唐僧，唐僧努力抵抗，最終失敗。

我們先看劉以鬯筆下的唐僧形象：唐僧的雙手被蜘蛛精吐出的絲繩反背綑綁，作者先描寫他外在的身體反應：「渾身發抖，額角有汗珠沁出。」然後讓唐僧的內心獨白不經敍述者的交代直接跳到敍述層：「**悟空你在哪裏為甚麼**

10　劉以鬯說：「我們不是說短篇小說一定要有字數的限制，而是，短篇小說一定要用經濟的手段去表現。」見〈小說組評選會紀錄〉，《香港文學展顏——市政局一九七九年中文文學獎得獎作品及文學週講稿》（香港：市政局圖書館，1980），頁 354。

不來救我悟能悟淨你們在哪裏為甚麼不來救我」，讀者迅速看到一個等待徒弟打救、「心很慌，意很亂」的唐僧形象。唐僧受到蜘蛛精視覺、嗅覺、觸覺、聽覺等多重感官的猛攻，感到十分難熬，但他同時在「享受」這種誘惑。劉以鬯這樣寫唐僧思想與身體的矛盾反應：「唐僧的腳未被綑綁。他未必能夠逃出盤絲洞，卻是可以避開蜘蛛精的糾纏的。他站起，想邁開腳步，立即坐下。」唐僧想逃走，卻又立即坐下，連他自己都感到奇怪：「這是怎麼一回事⋯⋯我怎會⋯⋯」。唐僧本來被蜘蛛精色誘得心跳加快、咚咚咚響，現在他知道自己「動心」了：「阿彌陀佛我動心了阿彌陀佛她是妖怪阿彌陀佛她想吃我的肉阿彌陀佛我怎會動心的」。他甚至有男性性慾高漲時的生理反應──勃起。但劉以鬯處理得頗為含蓄，以唐僧一瞬的想法、一個動態來暗示：「他側轉身子，使她的手無法往下摸。甚麼事情都可以讓她知道唯獨這件事不能讓她知道曲背彎腰。膝蓋頂住胸口。」曲背彎腰、膝蓋頂住胸口，要阻擋對方的手、要隱藏勃起的陽具。

人的鼻孔、耳朵沒有門，不能關上，唐僧無法抗拒蜘蛛精胴體香氣、挑逗淫聲的官能誘惑，他唯一能閉上的眼睛，成為考驗意志力的最後一扇「門」。儘管腦中的屏幕放映蜘蛛精身體之美的畫面，但唐僧由開始受蜘蛛精色誘時「不敢睜開眼睛觀看」，到自忖「不能看她絕對不能」以意志力抵抗，再到「她很美即使閉上眼睛她的笑容仍會出現在我的腦子裏」的心門關不緊，又到「不要看她不要想她⋯⋯不要想她不要看她」加緊壓抑自己，眼睛一直緊閉直到最

後——意志力崩潰，唐僧終於主動「開門」：

> 既是最後的一刻何不趁此多看幾眼唐僧在慌亂中睜開
> 眼睛，見到了從未見過的部分。**該死！我怎麼會……**

劉以鬯寫小說，極重視收結，常製造「驚奇結局」，四個故事新編，莫不如此。他說：「至於〈除夕〉結尾，用的是驚奇結局（surprise ending）的小說技巧，目的在使讀者重看一遍。我個人很喜歡這種手法。」[11]〈蜘蛛精〉的「驚奇結局」，有力突出主題：靈肉衝突，靈的一面輸了。然而，這個結局饒有深意，可作多向的詮釋。筆者在一個講座上和聽眾討論唐僧睜開眼睛，見到了從未見過的部分，為甚麼突然說「該死！我怎麼會……」？[12]有聽眾認為他後悔守不住尾門，千年道行一朝喪；有聽眾打趣說，唐僧近距離看到赤裸的蜘蛛精之美，後悔不早點睜開眼看；有聽眾甚至說，唐僧終於忍不住「射精」了。這些詮釋，不但把唐僧徹底降格為凡夫俗子，更讓人感到唐僧表淨裏髒。劉以鬯在〈天堂與地獄〉中寫到「男人」、「女人」，多刻意用引號框住「人」字，提示讀者注意小說中「人」的指向：「這張桌子，坐着一個徐娘半老的女『人』和一個二十歲左右的小白臉男『人』。」[13]此文的結尾，以蒼蠅的視角，如此剖析人表淨裏髒：「我立即跟了出

11　芸：〈與劉以鬯的一席話〉，《香港文學》（蔡振興主編）第 1 期（1979年 5 月），頁 15。

12　香港文學專題講座：「神話・歷史・人性：香港小說的虛構與真實」，香港公共圖書館主辦（2018 年 10 月 6 日）。

13　《劉以鬯卷》，頁 158。

去。我覺得這『天堂』裏的『人』，外表乾淨，心裏比垃圾還
齷齪。我寧願回到垃圾桶去過『地獄』裏的日子，這個『天
堂』，齷齪得連蒼蠅都不願意多留一刻！」[14]〈天堂與地獄〉的
命意，與〈蜘蛛精〉有相通之處——在「天堂」與「地獄」間
透視人性。

三、內在真實：二元對立，人物象徵

隨着二十世紀西方精神病學、心理學的長足發展，尤
其是佛洛伊德（Sigmund Freud, 1856-1939）的心理分析學
說受到普遍重視；人們發現，原來內心的真實世界，長期
被忽略，對於「真實」的理解，也就從外部轉向內在。劉以
鬯說：「反映事象表面所得的『真實』終究不是真正的『真
實』。」[15] 在《酒徒》中更借主角「酒徒」的口說：「從某一種
觀點來看，探求內在真實不僅也是『寫實』的，而且是真正
的『寫實』。……換一句話說：今後的文藝工作者，在表現
時代思想與感情時，必須放棄表面描摹，進而作內心的探
險。」[16]〈蜘蛛精〉無疑是現代主義探討「內在真實」的作品。
《西遊記》中的唐僧，受到眾女妖的色誘，總是坐懷不亂，
作者沒有透視唐僧面對美麗的妖精色誘時的內心世界；劉以

14　《劉以鬯卷》，頁 161。

15　劉以鬯：〈小說會死亡嗎〉，《香港文學展顏——市政局一九七九年中
　　文文學獎得獎作品及文學週講稿》，頁 20。

16　劉以鬯：《酒徒》（香港：金石圖書貿易有限公司，1993），頁 138。

罟顯然不滿意這種簡化的人性觀照，刻意重寫《西遊記》某一個變形片段，向內轉，加以放大，作人性的「內心探險」。性慾是人性的「本我」，對於要到西天取經的唐僧而言，佛則是道德的、宗教的「超我」；「超我」不斷壓抑「本我」，正如如來佛祖用五指山鎮壓不馴的孫悟空，但「本我」真能永遠被壓服嗎？「阿彌陀佛」象徵超我，蜘蛛精的色誘象徵本我；劉以罟筆下的唐僧，遇到蜘蛛精加大力度的淫辭色誘，只能一而再、再而三喃喃誦唸「阿彌陀佛」，加大超我壓抑本我的力度：

> 「和尚，大家都説你是十世修行的真體，吃了你的肉，就會長生不老；吃了你的精，會不會變神仙？」阿彌陀佛「就算我上天做了神仙，我也會為你生個小和尚！」阿彌陀佛阿彌陀佛「來呀，和尚！我為你傳宗接代！」阿彌陀佛阿彌陀佛阿彌陀佛竭力控制着自己……

一個男人（即使是僧人），面對性的誘惑，表面無所動，內心真能無所動？劉以罟顯然對此感到懷疑，通過顛覆《西遊記》對唐僧面對色誘的簡化觀照和寫法，重塑唐僧形象，透視內在真實——唐僧面對蜘蛛精色誘，其實內心波濤洶湧，「戰況劇烈」。而人性中情慾、性慾的衝突，是劉以罟一再探討的。《酒徒》寫酒徒激起對楊露的情慾時説：「我承認生命永遠被一種不可知的力量操縱着。……我是兩個動物：一個是我；一個是獸。」[17]〈蜘蛛精〉中的唐僧，身體裏也有這

---

17 《酒徒》，頁 175。

兩個動物；而〈蜘蛛精〉的吸引力，正在於非統一的二元對立。唐僧自身內外如此，蜘蛛精、唐僧的二元對立，又是如此。小說講求深度，〈蜘蛛精〉的深度，在於兩個人物背負可以推延、擴大的象徵，而結局更具有深刻的顛覆性。

《西遊記》中，無能、軟心腸、不聽勸告一再為妖精所騙而身陷險境的唐僧，最後總賴徒弟，尤其是法力最高的孫悟空打救，化險為夷，成功到西天取經；但劉以鬯筆下的〈蜘蛛精〉，無論唐僧如何在獨白中呼喊「**悟空你在哪裏為甚麼不來救我悟能悟淨你們在哪裏為甚麼不來救我**」、「**悟空不來我就活不下去了**」，直到結局徒弟都沒有來打救他。這是小說深刻的象徵：面對靈與肉的激烈衝突與掙扎，沒有外力可以進入內心支援，人必須靠自己的意志力自我拯救。所以唐僧終於反擊——「厲聲怒斥」蜘蛛精，嚇得蜘蛛精縮回那隻討厭的手。劉以鬯至此警策地鋪墊一筆：唐僧沾沾自喜，自謂「**我能赶邪**」。然而，如果說唐僧象徵正，蜘蛛精象徵邪；唐僧象徵善，蜘蛛精象徵惡；唐僧象徵神，蜘蛛精象徵魔；唐僧象徵靈，蜘蛛精象徵肉；唐僧象徵超我，蜘蛛精象徵本我。[18] 在兩個人物一攻一守、種種象徵的二元角力中，小說的結尾告訴讀者，「正」的一方都敗給了「邪」，它顛覆了中國人的老話——「邪不能勝正」。《左傳・僖公四年》：「一薰一蕕，十年尚猶有臭。」香草和臭草放在一起，日子久了，都會變臭；正好說明善易消失，惡易

18　蜘蛛精在文中還象徵人性的另一弱點「貪婪」：「蜘蛛精有野心，無論甚麼時候，總要比六個妹妹多得一些。」

滋長。然則，〈蜘蛛精〉的結尾，宣告人性無望了？我寧願相信劉以鬯提醒我們：靈與肉、善與惡、正與邪、神與魔、超我與本我的衝突是人性的一部分，立體而真切，在遇到特定的情境時，總會在人的內心上演，戰況劇烈，而我們常常重「外」輕「內」，將之簡化，遮之掩之；只是為佛為魔，為善為惡，存乎一念。而人的意志力終究是薄弱的，守此「一念」，極難。

四、疊合、分離、揭露、評析、諷刺：敘述者與唐僧的關係

〈蜘蛛精〉的敘述者非常特別。小說開局，第三人稱的敘述者像「鬼眼」，看着赤裸的蜘蛛精和她的六個妹妹先後從水中爬出、奔回盤絲洞的過程。這個敘述者雖然主要從外部隱身「看」，但他有能力進入蜘蛛精和小妖怪的內心，知道她們一些簡單的想法，例如「小妖怪們都想長生不老，蜘蛛精卻有其他的想望」；也感受到她們外顯的感情，如「這一天發生的事情都不依照規矩，她們說不出多麼的興奮。……既已回洞，心情就不像先前那樣慌亂了」。可是，這個敘述者轉而觀看吊在樑上的唐僧被蜘蛛精放下、拔腿逃跑、雙手隨即被蜘蛛精吐出的絲繩反背綑綁等一連串經過後，卻由外而內，由內而外，內內外外的在唐僧的心理、意識與外部世界之間進進出出，全力揭示唐僧面對蜘蛛精色誘的心理與生理反應。

劉以鬯刻意用兩種字體分離敘述者（明體）與唐僧不經

過渡、極速穿上敘述層的直接內心獨白／喃喃唸佛（楷體）。這個敘述者的聲音，在唐僧面對蜘蛛精色誘之始，和唐僧直接內心獨白的聲音相當接近，在某些地方幾乎打成一片，讓敘述與獨白更容易滑進滑出。這時候，敘述者的聲音，有如唐僧的間接內心獨白：「她確是很美的。笑時渦現。**不要看她絕對不要看她……很香……那是一種奇異的香味……從她身上發散出來的**」。敘述者說「她確是很美的。笑時渦現」，唐僧即時自我壓抑：「**不要看她絕對不要看她**」，但緊接的直接內心獨白，又揭露他有點抵受不住蜘蛛精體香的誘惑：「**很香……那是一種奇異的香味……從她身上發散出來的**」。由於第三人稱敘述與直接內心獨白無過渡的緊連，「她確是很美的。笑時渦現」，在句中有兩個功能，一是敘述者同時協助蜘蛛精，扮演誘惑唐僧的角色；二是發揮間接內心獨白的功能，意味這其實也是唐僧的內心獨白。因而後文唐僧的直接內心獨白與之相應：「**她很美即使閉上眼睛她的笑容仍會出現在我的腦子裏阿彌陀佛阿彌陀佛阿彌陀佛**」。

〈蜘蛛精〉的中幅，敘述者的聲音開始與唐僧直接內心獨白的聲音分離：「無法克服恐懼。驚惶使他流汗。**不得了啦她的手……**」這一句和前文唐僧雙手被縛「渾身發抖，額角有汗珠沁出」的視覺描寫不同，加入了敘述者對唐僧面對蜘蛛精色誘，內心「無法克服恐懼」的判斷。很快，敘述者更把唐僧對象化，拉遠距離，以「提示性」的方式，刻意揭示他行為背後的潛意識：「唐僧的手被綑綁了。唐僧的腳未被綑綁。他未必能夠逃出盤絲洞，卻是可以避開蜘蛛精的

糾纏的。他站起，想邁開腳步，立即坐下。**這是怎麼一回事……我怎麼會……」**。敘述者提示讀者，唐僧的潛意識其實不想離開蜘蛛精。緊接着，敘述者更進一步，揭示唐僧「動心」，「曲背彎腰。膝蓋頂住胸口」——陽具勃起了。讀者回頭看，他「想邁開腳步，立即坐下」，還因為「下半身」有異動，不能讓蜘蛛精看見。這個敘述者越到後文，越走到台前，甚至像個心理學家，用分析性的話語，拆解唐僧的心理、評述事件：「竭力控制着自己，唐僧希望進入沒有自我觀念的境界。虔誠向佛，在這時候已無法做到。想抗拒胴體的引誘，唯有緊閉眼睛。眼睛緊閉着，那滑膩的胴體依舊出現在腦子裏。這是掙扎。這是搏鬥。香氣不斷鑽入鼻孔。玉指在小腹上躑步。戰況劇烈。到西天去取經的和尚從未有過類似的經驗。和尚心似未理的絲。無形的防堤已失去效用。攻者猛攻。守者慌張。」到了小說後幅，敘述者甚至馬上跳出來，否定唐僧的自信：「**我能赴邪**唐僧下了太早的結論。」在結尾更提出這樣的疑問：「是唐僧背棄了佛抑或佛背棄了唐僧？」

尤有意味的是，〈蜘蛛精〉的敘述者好用比喻，但熟悉佛教典故、《西遊記》故事的讀者，不難發現，他所用的比喻，文本互涉，往往有諷刺意味。例如「**悟空呢悟空在甚麼地方**香氣撲鼻，像酒罈被突然打破似的」。眾所周知，佛教禁飲酒，《四分律藏》卷第十六：『佛告阿難：『凡飲酒者有十過失。何等十？一者、顏色惡；二者、少力；三者、眼視不明；四者、現瞋恚相；五者、壞田業資生法；六者、增致疾病；七者、益鬥訟；八者、無名稱惡名流布；九者、智

慧減少；十者、身壞命終墮三惡道。阿難！是謂飲酒者有十過失也。』佛告阿難：『自今以去以我為師者，乃至不得以草木頭內着酒中而入口。』」[19] 敍述者用「酒罈被突然打破似的」喻蜘蛛精身體之「香氣撲鼻」，既增加了另一種犯戒的引誘，也暗示唐僧行將破戒。又如敍述者以「白嫩透紅像荷瓣的皮膚」形容唐僧心眼所見的蜘蛛精之美；荷花又名蓮花，是佛教聖物，[20] 以「荷瓣」喻蜘蛛精皮膚之美，是對佛教的褻瀆。又如「她將嘴巴湊在他的耳邊。從她嘴裏呵出來的氣息，也有蘭之芬芳」。蘭為「禪花」，亦為「禪友」，[21] 以蘭花的香氣形容蜘蛛精嘴裏呵出來的氣息，也意含對佛教的褻瀆。此外，蜘蛛精摟着唐僧的脖子，敍述者這樣說：「玉臂緊若鐵箍。唐僧被鐵箍箍住了。」在《西遊記》中，孫悟空的頭上，正是戴上了觀音菩薩用來鉗制他的緊箍，只要唐僧一唸起緊箍咒，孫悟空就會頭痛欲裂。現在唐僧竟然被蜘蛛精玉臂的

---

19 《漢文大藏經》，http://tripitaka.cbeta.org/T22n1428_016，瀏覽日期：2019 年 7 月 3 日。

20 《佛本行集經・樹下誕生品》如此記載釋迦牟尼在藍毗尼園誕生：「生已，無人扶持，即行四方，面行七步，步步舉足，出大蓮華。」因此蓮花成為佛教聖物。又，佛教經典中常以蓮花比喻菩薩所修之十種善法：1. 離諸污染；2. 不與惡俱；3. 戒香充滿；4. 本體清淨；5. 面相熙怡；6. 柔軟不潔；7. 見者皆吉；8. 開敷具足；9. 成熟清淨；10. 生已有想。見李正覺編著：《佛教圖文百科》（西安：陝西師範大學出版社，2007），頁 201。

21 〈佛說蘭花是菩薩！〉：「蘭為禪友。佛門將寺廟稱為蘭若，而佛家又將蘭花稱為禪花。蘭花為佛教的六供奉之一，代表着佛教中因果的因，在大乘佛教中花代表六度：佈施、持戒、忍辱、精進、禪定、般若，這叫六度之花。」原文網址：https://kknews.cc/zh-hk/culture/5vby8.html，瀏覽日期：2019 年 6 月 26 日。

緊箍箍住，何等反諷？再如：「妖精的嘴，像啄木鳥的嘴。和尚的身體，像樹幹。」釋迦牟尼在菩提樹下悟道成佛，神秀偈劈頭就以樹喻身：「身是菩提樹，心如明鏡臺。時時勤拂拭，莫使惹塵埃。」神秀停留在着法相的「身」的境界，[22] 而六祖慧能則以「菩提本無樹，明鏡亦非台。本來無一物，何處惹塵埃」相應，「說明一切有為法皆如夢幻泡影，教人不要妄想執着，才能明心見性，自證菩提」[23]，不着法相。〈蜘蛛精〉中的敍述者，以啄木鳥啄樹幹，喻蜘蛛精狂吻唐僧的身體，暗示唐僧仍停留在「身」的境界，難怪敍述者說：「和尚的身體孕育了妖精的野心。」

〈蜘蛛精〉的敍述者，初與唐僧疊合，幾乎和唐僧一起面對蜘蛛精的色誘，但他很快從唐僧的身心中剝離，把唐僧對象化，對其人其心，細加審視、分析、揭露，並通過種種與佛教指涉的比喻，暗諷唐僧。劉以鬯此一敍述策略，其象徵意義是：面對種種誘惑，人的意識需要超越身心，拉遠距離，帶着分析、批判，自找觀照。

五、意識流：小說中的詩與電影

劉以鬯的小說，很多處理人的內心衝突。他曾說西方小

22　對於「神秀偈」內含的佛理、比喻中的修辭，可參看劉楚華：〈《壇經》神秀偈〉，見《六祖慧能思想研究——「慧能與嶺南文化」國際學術研討會論文集》（廣州：學術研究雜誌社，1997），頁 362-376。

23　〈佛門經典語錄廣收錄，語出何處你可知道？〉，原文網址：https://kknews.cc/culture/76r6v.html，瀏覽日期：2019 年 6 月 26 日。

說家中，詹姆士・喬哀思給他的影響最大，「我讀書時已開始閱讀《優力栖斯》。此外，吳爾芙、卡夫卡、海明威、福克納等等都是我崇拜的作家。」[24] 喬哀思（James Joyce, 1882-1941）、吳爾芙（Virginia Woolf, 1882-1941）、福克納（William Faulkner, 1897-1962），都是意識流小說的大師。〈蜘蛛精〉對唐僧內心靈肉衝突的全面放大，尤其受到福克納的啟發。一九四九年，福克納獲諾貝爾文學獎，一九五〇年發表獲獎感言，其中最著名的一句是："Because of this, the young man or woman writing today has forgotten the problems of the human heart in conflict with itself which alone can make good writing because only that is worth writing about, worth the agony and the sweat." [25] 劉以鬯深受福克納這番話的影響，在〈小說會死亡嗎〉中說：「傳統的現實主義並不能做到真正的『寫實』。既然做不到，……像 W・福克納這樣的小說家就傾力刻劃『人』的靈魂與人類的內心衝突。」[26] 一九七九年，劉以鬯接受《香港文學》編輯訪問，編輯說他「刻意剖析人物的內心世界，挖掘靈魂深處的秘密，展示人類內心感情與理性的交結，情慾與道德的衝突」，劉以鬯就以 W・福克納一九五〇年十二月十日在瑞京接受諾貝爾文學獎時講過的話

24 〈劉以鬯先生訪問記〉，見《香港青年周報》150 期（1969 年 11 月 19 日）。收入梅子、易明善編：《劉以鬯研究專集》（成都：四川大學出版社，1987），頁 15-16。

25 Frenz, Horst, ed（1999）. *Nobel Lectures, Literature 1901–1967*. Singapore: World Scientific. p. 444.

26 《香港文學展顏──市政局一九七九年中文文學獎得獎作品及文學週講稿》，頁 21。

來回應:「……今天,年輕男女在寫作時忘卻了人類內心衝突的問題。祇有這個問題才是值得寫的,祇有這個問題才是值得受苦與流汗的;所以,祇有寫這個問題才能產生好的作品……人類之所以能够不滅,並不因為他是唯一具有講話能力的動物;而是因為他有靈魂,一種可以使他能够同情,犧牲與忍耐的精神。詩人與作家的責任,就是寫這些事情。……」[27] 劉以鬯多次提到這番話,而福克納這番話長久成了他的創作指導。

一般人會覺得散文近詩,小說近戲劇;劉以鬯論小說時,卻總是講詩,甚至認為詩是最重要的文類:「我一直認為詩是文學中最重要的文類。……文學要繼續生存,唯一的希望在於詩。如果不寫詩,文學早晚被淘汰。」[28] 他更致力於在小說中結合詩:「我一直都是這麼想:小說和詩結合後可以產生一些優美的作品。……詩和小說結合起來,可以使小說獲得新的力量。小說家走這條路子,說不定會達到新境界。」[29] 他甚至輕視小說的情節而重視小說中的詩:

> 小說是有情節故事的。但是,情節故事比對話更成問題。對小說家,情節故事是更大的障礙。小說家不能衝破這一關,祇好永遠在三十六種情節中兜來兜去。

---

27 芸:〈與劉以鬯的一席話〉,《香港文學》第 1 期(1979 年 5 月),頁 14。

28 〈訪問劉以鬯〉,見盧瑋鑾、熊志琴等主編:《文學與影像比讀》(香港:三聯書店,2007),頁 151。

29 香港《新晚報》記者:〈劉以鬯訪問記〉,原載香港《新晚報》(1981年 7 月 28 日),收入梅子、易明善編:《劉以鬯研究專集》,頁 43。

1979 年《香港文學》第一期「劉以鬯專輯」的封面

　　因此，像柯恩（J. M. Cohen）這樣的史學家，祇好將希望寄存在詩上了。事實上，將詩意屭入小說或者用詩的形式寫小說。〔，〕早已有人嘗試過了。蕭乾在三十幾年前寫的「小說藝術的止境」一文中就說過這樣的話：

　　……輓近三十年來，在英美被捧為文學傑作的小說中，泰半是以詩為形式，以心理透視為內容的「試驗」作品。

　　……文字之於小說，一若顏色之於繪畫。如果小說家不能像詩人那樣駕取文字的話，小說不但會喪失「藝術之王」的地位；而且會縮短小說藝術的生命。……如果不反對這種說法的話，小說家就該重視「小說中的詩與象徵的潛質」，即使「喪失了十九世紀小說家對現實的信心」，也不成問題。[30]

其實在小說中運用內心獨白，採用詩的手段，以表現人物在某一瞬間的感受、印象、精神狀態，正是意識流小說的特點。[31] 劉以鬯說：「意識流只是一種寫作技巧，不是流派。有人以為說話沒有層次；思想沒有理路就是意識流小說，顯

30　劉以鬯：〈小說會死亡嗎〉，《香港文學展顏——市政局一九七九年中文文學獎得獎作品及文學週講稿》，頁 25-26。

31　梅爾文・弗里德曼（Melvin J. Friedman）說：「意識流和現代詩的作用非常相近。所以詩和該類小說的結合一點也不奇怪。最常用的兩種技巧——內心獨白和感官印象——為了產生預期的效果，多半依賴詩的力量。在內心獨白中，這類傾向格外明顯。從書上看，它的形式很容易說成是無韻詩的形式：語句被簡化到句法上最簡單的程

屬誤解。其實，用意識流手法來寫小說，想寫得好，絕對不是容易的事。簡單的說，意識流小說是通過人物的精神意象（mental images）、思想（thoughts）、聯想（associations）與情緒反應（emotional reactions）來表現事件的，缺乏嚴謹的安排，就無法達致藝術作品的水平。」[32] 他更明確說，〈蜘蛛精〉是「以意識流手法表現唐僧受外界壓力時內心所作出的反應」[33]。

劉以鬯詩化的小說，常藉人物酒後或意識迷亂間展現詩的意象與陌生化的想像，如《酒徒》著名的起句：「生銹的感情又逢落雨天，思想在煙圈裏捉迷藏。」[34]〈蜘蛛精〉雖也有不少化抽象為形象、使視覺意象更為鮮明的比喻；但其生成詩意的方法，卻不在陌生化的意象，而在暗示與象徵。前文分析唐僧、蜘蛛精多層次的二元對立與象徵、敘述者所用的比喻含藏的諷刺意味，可見一斑。詩，相對於其他文類，

度；文字的排列也是合乎詩的性質，而不是邏輯性的。其強度也和詩相仿；其中的思想永遠是在進行中，這也與詩類似。內心獨白的主要新奇之處，就在於它企圖紀錄人物思想意識的實際變化——按照它們形成的順序，不按照邏輯來說明它們的轉變——並且把不斷的幻想表達出來。運用這種手法，看上去，往往更接近詩的目的而不接近散文的目的。」見梅爾文・弗里德曼著，申雨平等譯：《意識流：文學手法研究》（上海：華東師範大學出版社，1992），頁 15。

32　芸：〈與劉以鬯的一席話〉，《香港文學》第 1 期（1979 年 5 月），頁 14。劉以鬯對意識流小說的解說，並沒有觸及意識流小說兩個最主要的特徵：內心獨白、自由聯想。鄭樹森說：「對所謂的意識流得作更精確的界定，若以喬伊斯《尤利西斯》的發揮為參照，即是內心獨白（interior monologue），再加上自由聯想（free association）。」見鄭樹森：《小說地圖》（南京：江蘇教育出版社，2006），頁 10。

33　芸：〈與劉以鬯的一席話〉，《香港文學》第 1 期（1979 年 5 月），頁 15。

34　《酒徒》，頁 1。

尤具模糊、多義的特性；劉以鬯刻意模糊某些可以確指的句子，使那些句子因模糊而顯多義，更具暗示、象徵之力。例如〈蜘蛛精〉最為關鍵的結尾，按事件、情境推測，「從未見過的部分」應指蜘蛛精的私處；但因為作者採用不確定的表述，它就可以穿上象徵層，指向不輕易得見的邪惡的面目或其他可能的象徵。又例如小說近結尾，唐僧的直接獨白「**阿彌陀佛罪過罪過阿彌陀佛這種事情即使出現在夢中一樣有罪**」，「夢中」一詞，擴大了小說的詮釋圈──唐僧被蜘蛛精色誘的經歷可能只是一場夢，而夢境往往是意識壓抑了的潛意識的慾望化裝。劉以鬯說：「當我寫故事新編時，我喜歡運用富於象徵或暗喻的文字。我最近寫成的〈蛇〉與〈蜘蛛精〉都是這樣。」[35]〈蜘蛛精〉的主題雖然容易把握，但細部的暗喻、象徵，卻不易一眼看穿。

劉以鬯在小說中經營詩，另一着力點在節奏。他常通過句子的重複、局部重複營造對稱的詩的節奏感和電影的蒙太奇效果，如〈崔鶯鶯與張君瑞〉的開端：

> 張君瑞用手背掩蓋在嘴前，連打兩個呵欠。
> 崔鶯鶯也用手背掩蓋在嘴前，連打兩個呵欠。
> 「該上床休息了。」張君瑞想。
> 「該上床休息了。」崔鶯鶯想。[36]

有時候，則以排比的句式營造流動如水的詩的節奏和鏡頭快

---

35 〈劉以鬯答客問〉，《香港文學》第 1 期（1979 年 5 月），頁 6。
36 《劉以鬯卷》，頁 259。

速切換的蒙太奇效果，並且在排比的過程積蓄力量，至尾句爆發，如《酒徒》寫「酒徒」一連串心像（Mental images）中的司馬莉，末句終於托出「酒徒」的性幻想：

> 穿着校服的司馬莉；
>
> 穿着紅色旗袍的司馬莉；
>
> 穿着紫色過腰短衫與白色過膝短裙的司馬莉；
>
> 穿着三點游泳衣的司馬莉；
>
> 穿着運動衫的司馬莉；
>
> 穿着晚禮服的司馬莉；
>
> 穿着灰色短褸與灰色百褶裙的司馬莉；
>
> 穿着古裝的司馬莉；
>
> 以及不穿衣服的司馬莉；……[37]

上引兩例的句子如現代詩獨立成行，營造詩的外形、節奏與蒙太奇的效果，可見詩與電影結合，是劉以鬯小說的特點。〈蜘蛛精〉詩的節奏經營則內斂得多，在段落中運行，如開首的一百字：

> 蜘蛛精赤裸着身體，從水中爬出。她的六個妹妹也赤裸着身體，從水中爬出。她們的衣服不見了。她們的衣服被孫悟空偷去了。光着屁股在荒野奔跑，她們是有點狼狽的。她們的腳步快得像旋轉中的車輪，驚悸中仍有狂喜。在奔回盤絲洞的途

---

37 《酒徒》，頁 70。

中，凌亂的腳步聲屑雜格格癡笑。這一天發生的事情都不依照規矩，她們說不出多麼的興奮。奔入洞內，封閉洞門後始獲換氣的機會。

〈蜘蛛精〉開首兩句，像〈崔鶯鶯與張君瑞〉開首兩句，用「甲做甚麼，乙也做甚麼」的句式，重複人物的動作，句子的後半因而產生重複語句的節奏；緊接的句子，卻是重複前半的語句製造節奏感：「她們的衣服不見了。她們的衣服被孫悟空偷去了。」再下一句，劉以鬯故意把主語「她們」調後，避免三個「她們」順連而下，反而接以「光着屁股在荒野奔跑」，主語好像突然甩脫了，流動的節奏至此一個頓挫，後面才接上主語「她們」，斷而復連，再後一句又以「她們的」開首，迴旋拈合，節奏鮮明而靈動。而這一句墊尾的「奔跑」，又斷斷續續的拈着後面置於語句開首位置的「奔回」、「奔入」，變化重現；聲音是意義的回音，三處迴旋的、聲調響亮的「奔」，能托出蜘蛛精驚悸中仍有「狂喜」、「興奮」的心情。慣於作焦點描寫的作家，可能會這樣描寫蜘蛛精跑回盤絲洞的過程：「光着屁股在荒野奔跑，她們的腳步快得像旋轉中的車輪，以凌亂的步伐奔回盤絲洞，直奔入洞內。」劉以鬯的寫法，顯然更重視處理蜘蛛精在事件（被變了魚的豬八戒調戲、衣服被孫悟空偷去）中的情緒反應。這種技法使蜘蛛精「跑」的具象性動作，接上抽象的心情描寫，再具象、抽象的變換：「光着屁股在荒野奔跑（具象），她們是有點狼狽的（抽象）。她們的腳步快得像旋轉中的車輪（具象），驚悸中仍有狂喜（抽象）。在奔回盤絲洞的途中，凌亂

的腳步聲屢雜格格痴笑（具象）。這一天發生的事情都不依照規矩，她們說不出多麼的興奮（抽象）。奔入洞內，封閉洞門後始獲換氣的機會（具象）。」這樣打斷「跑」的描寫又接續，人物的動態、心情、情態交錯閃現，立體鮮活；於是，一幅原始、本我的裸奔，有聲有色有情，有如熱鬧的嘉年華，不但能引起讀者的注意，更對作者後文要着力探討的靈肉衝突問題，起鋪墊作用。

其實，小說以不加標點的滔滔長句展現唐僧的內心獨白，就很像某些無韻體現代詩的表現方式，這是不少意識流小說家的拿手好戲。但〈蜘蛛精〉長句中唐僧的慌亂迷本，與短句中蜘蛛精的嬌媚誘惑，一張一弛，不但形成對照的節奏，更彼此互動，密集切換，快速顯現人物心理、情緒反應，加強了故事的緊逼感：

> 阿彌陀佛「睜開眼來，和尚。睜開眼來看我。仔細看看。你會喜歡的。一定會。」不能看她絕對不能阿彌陀佛阿彌陀佛阿彌陀佛柔唇印在臉頰上。臉頰癢孜孜的。啊喲這是怎麼一回事我的心怎會跳得這麼快阿彌陀佛阿彌陀佛阿彌陀佛糟糕我的心跳得更快了咚咚咚……好像在打鼓阿彌陀佛阿彌陀佛阿彌陀佛「和尚，睜開眼來，看看我！」不能看絕對不能看她是妖怪她不是美女她是妖怪變成的美女她不是真正的美女她是妖精她不是女人她不是人唇唇相印。慌慌忙忙將頭偏向一邊。

唐僧口中喃喃的「阿彌陀佛」、蜘蛛精步步進逼的挑逗話語、

唐僧自我壓抑的內心獨白、口中喃喃的「阿彌陀佛」、蜘蛛精感情更強的嬌嗲誘惑，再加上「啊喲」、「咚咚咚」的聲效，眾聲交響，有如電影的聲音蒙太奇（sound montage）。在這些不斷切換的聲音中，又忽然切入「柔唇印在臉頰上」、「唇唇相印」一閃而過的鏡頭，鏡頭與聲音相互激發，中間來一下「癢孜孜」的貼身觸覺刺激；讀者邊讀邊代入唐僧角色，同時感到身臨其境的、豐富的官能「享受」——這當然得力於劉以鬯出色的小說技巧。

劉以鬯的小說多次出現看電影的情節，其作品吸收了電影技巧，已引起研究者的注意。[38] 意識流小說總是與詩、音樂、電影相連。韋遨宇（1958- ）說：「意識流小說在二十世紀的發展，不僅與二十世紀所經歷的哲學、自然科學、人文科學領域裏的深刻變革緊密相聯，而且與新出現的藝術門類——電影、電視——及其提供的新的技術手段（如蒙太奇、閃回等）有關。」[39]〈蜘蛛精〉不少片段都有電影感，部分語句焦點式的變形重現，就如電影反覆出垷、具遞進和對照效果的近鏡，如寫唐僧流汗，開首「唐僧渾身發抖，額

38　例如陳玉筠：〈劉以鬯小說電影手法析論〉（香港中文大學中國語言及文學系本科生畢業論文，2004）；酈銳強：《二十世紀西方思潮對劉以鬯小說的影響》（北京師範大學博士學位論文，2004），見此書第五章 5.2.3「富電影感的畫面」；郭千綾：《劉以鬯小說中的「現代性」與「香港性」研究》（國立政治大學中國文學系碩士學位論文，2011），見此書第四章第三節「電影語言的靈活運用」；常傳波、胡勇：〈劉以鬯小說的電影創作手法運用〉（《文學教育》，2006 年第 21 期）。

39　韋遨宇：〈意識流小說導論〉，見柳鳴九主編：《意識流經典小說選》（太原：北岳文藝出版社，1995），頁 2。

角有汗珠滲出」、中幅「無法克服恐懼。驚惶使他流汗」、後幅「**她們燒滾了水之後會將我蒸熟**汗珠紛紛滑落」；從「汗珠滲出」到「流汗」再到「汗珠紛紛滑落」，一個個流汗鏡頭的遞進，是唐僧面對被綑縛、色誘到面臨死亡的複雜心理的反映。再如結尾，刻意以聲音製造高潮——前文寫唐僧剛受色誘，心慌意亂，「只差沒有喊叫」，至此則應以唐僧的「喊叫」、「狂叫」，層層遞進：「和尚喊叫。洞壁的回聲不能成為阻嚇。蜘蛛精的笑聲猶如齊發的飛箭。**阿彌陀佛阿彌陀佛阿彌陀佛阿彌陀佛阿彌陀佛**越軌的動作。唐僧狂叫。」這簡直就是用聲音拍電影，鏡頭對着山洞的陰影，不必對着人物，多重聲軌的效果激發讀者對人物「越軌動作」的想像，以聲補形，氣氛逼切動人；而唐僧戰鬥至此終於大開僧口，逼出慾火焚身的震撼狂叫——預示「邪」勝「正」敗。〈蜘蛛精〉大量看似不經意甚至隨意的聲音、鏡頭切換，其實都經過嚴謹安排。

六、結語

劉以鬯強調「小說家必須創新」[40]，又說：「寫故事新編，必須重視『舊瓶裝新酒』的概念，撇開傳統的約束，用現代人的意緒解釋舊故事，使舊故事有新意義。」[41]〈蜘蛛精〉

40　劉以鬯：〈小說會死亡嗎〉，《香港文學展顏——市政局一九七九年中文文學獎得獎作品及文學週講稿》，頁 23。

41　劉以鬯：〈我怎樣學習寫小說〉，《香江文壇》第 4 期（2002 年 4 月），頁 10。

創新之處，是運用意識流技巧，敘述者從感知性視角為主的內聚焦逐步轉向認知性視角的內聚焦，以經過威廉‧詹姆斯（William James, 1842-1910）、佛洛伊德等心理學說洗禮的現代人的意緒，例如以「自我觀念」（Self-Concept）的心理學用語分析唐僧的心理，在《西遊記》的「舊瓶」中，以「內在真實」來「裝新酒」，賦舊故事以新意義。

在劉以鬯筆下，唐僧顯然不是甚麼「金蟬子」的真靈轉世，甚至不是得道高僧，他受到蜘蛛精色誘，變成了完全無助的「男人」，停留在官能上的刺激與情慾掙扎，只是口中唸佛，心中無佛，連佛經、佛理都不曾閃過腦際。〈蜘蛛精〉中膽小無能的唐僧形象，承《西遊記》而來；其創新之處為透視唐僧被蜘蛛精色誘，內心「七情迷本」之齷齪可笑，此一唐僧形象，或會令佛教徒看了不大高興。蔡振興（1953- ）問劉以鬯：「其實〈蜘蛛精〉這篇小說的主角該是唐僧，為甚麼不以唐僧為題呢？」劉以鬯認為蔡「説得很對」，他這樣解釋：「初時我確以唐僧為題，但後來考慮到外埠讀者可能有反感，改以〈蜘蛛精〉為題。」[42] 顯然，劉以鬯是考慮過從題目到內文，都以「唐僧」為焦點；但這樣命題，內心如此骯髒、形象如此可笑的唐僧，焦點太過突出，在佛教徒特別多的外埠，可能會引起爭議。對劉以鬯此文揭示的「內在真實」，蔡振興不大欣賞：「〈蜘蛛精〉比較是個例外，因為觸及面小，單只反映唐僧遭色誘時的片刻感受，劉以鬯寫來有

42　芸：〈與劉以鬯的一席話〉，《香港文學》第 1 期（1979 年 5 月），頁 15-16。

力，但一個修行高僧的內心世界，似乎太簡單了！」[43]

　　我想，劉以鬯無意藉重寫蜘蛛精色誘唐三藏的故事，暗示佛教所謂的得道高僧，根本是「假和尚」；我想他一直關注的，是人性與性的壓抑。《酒徒》、〈對倒〉、〈寺內〉、〈崔鶯鶯與張君瑞〉都不同程度處理過這個課題；〈蜘蛛精〉只是集中火力、全力對焦於此而已。在《孫悟空大鬧雷音寺》中，蜘蛛精色誘唐僧時，嗲聲嗲氣地問：「大師，你係唔係人嚟嘅啫？點解你不解風情嘅，吓？」劉以鬯在〈蜘蛛精〉中，變相作了回答：「大師都係人嚟㗎咋，活脫脫一個男人，看看他的內心！」而劉以鬯總是對「人」懷疑，在〈春雨〉的結尾說：「人，不能算是萬物之靈。」[44] 這篇小說不以〈唐僧〉而以〈蜘蛛精〉為題，或者是劉以鬯潛意識對「人」的批判；又或者，妖精作主，冥冥中自有警示。

43　蔡振興：〈兩隻手寫作的小說家〉，《香港文學》第 1 期（1979 年 5 月），頁 20。

44　《劉以鬯卷》，頁 192。

如山韞玉，如玉含光

——論黃國彬的「聖光心理定勢」 兼析〈聽陳蕾士的琴箏〉

一、引言

　　新詩在香港中學中國語文課程中的位置，予人的感覺是聊備一格，大部分老師和學生都不重視。香港詩人黃國彬（1946-）的〈聽陳蕾士的琴箏〉，入選一九九一年的中學中國語文新課程，成為中四會考範文，談論新詩的老師和學生多了，話題多是：怎麼新詩這樣難懂？許多任教中四的語文老師，發覺此詩難於解索，或積極尋找賞析新詩的資料；或求助詩人，希望他夫子自道；[1] 也有老師乾脆不教，學生乾脆不讀。在一個座談會上，與會的大專生認為此詩「會帶來巨大的負面影響，令同學對現代詩變得抗拒甚至討厭，自此以後再也不會主動接觸現代詩」[2]。這當然不是詩人之過，「該負

1　黃國彬在〈《聽陳蕾士的琴箏》小釋〉中說：「一九九二年八月返港後，仍有出版社的編輯、語文老師、唸中國語文的同學，直接或間接向我提出各種問題。上星期出席市政局主辦的文學雙年獎文學座談會時，也有兩位朋友要我解釋〈聽陳蕾士的琴箏〉。」此文刊於1993 年 10 月 31 日《華僑日報・文廊》，收入黃國彬：《文學札記》（台北：三民書局，1994），頁 261。

2　劉芷韻、何依蘭：〈記「如何在大專推廣現代詩」座談會〉，《呼吸》詩刊 5 期（1998 年 6 月），頁 50。

責的是選詩的人，他們選了一首不適合做教材的詩做教材」[3]。

〈聽陳蕾士的琴箏〉作於一九八二年九月二日，黃國彬在一九八三年八月十二日追記了一段文字，附於詩後，交代寫作背景；但這似乎對老師、學生解讀此詩的幫助不大。原因可從兩方面探討：（1）文本的表現方式：詩人大量運用擬人、比喻、通感等修辭手法，通過一連串聯想的視象，摹寫琴音的變化，表達聽琴的感受。讀者的頭腦中雖能浮現種種鮮明的形象，但要把形象還原為聲音，以期同聽共感，貼近詩人的體會，卻要經過轉換的過程，隔靴搔癢，難免搔不着癢處。何況詩人的想像幅度很大，忽然西湖，忽然崑崙，忽然劍花迴舞，忽然大雪山的銀光凝定，加上鮫人淚轉、角徵宮商，類似的古中國事物，遠離普通人，尤其是香港學生的生活經驗，難以接通，有所體會。因此，寫作背景雖有助從整體把握詩人的感情，卻未必有助譯釋詩人的聯想。（2）讀者的閱讀方法：本來，有些詩可感而不可解，即使詩人自己，也不一定對筆下的東西了然於胸，完全能用理性、邏輯去解釋；但中學的語文教學，精讀首重篇章理解，欣賞、評價多未涉及。正常而言，老師不會叫學生感詩而不解詩，師生對範文的關注點也往往先放在中心思想、主旨上，這無疑需要從細部的理解入手，綜合分析；但這首詩幾乎全由聯想、想像構成，差不多每讀一句都會面對這些聯想和想像代表甚麼、如何理解的問題。另一方面，新詩的表現手法異於散文，感情跳躍、人稱變換、時空交錯兼而有之，且不斷有

3　〈編者的話〉，《呼吸》詩刊 5 期（1998 年 6 月），頁 1。

新的技法滲入，往往需要讀者調動想像力補足虛位，更需要有豐富的先識才能深化理解。對於這種文類，老師、學生平日多敬而遠之，很少能掌握閱讀新詩的方法。

筆者參閱過昭明、啟思、星河、長河、燕京、長春、偉文、文達、齡記、麥美倫、現代教育研究社和香港教育圖書公司這十二家出版社的教科書，發覺編者對此詩的處理方式相當接近，都是少談內容，多講形式、修辭手法，而所擬問題也與此相若，很少問到內容、情志、中心思想，和處理其他範文，甚至另外兩首新詩——聞一多（1899-1946）的〈也許〉、徐志摩（1897-1931）的〈再別康橋〉——的方向頗不相同；可見眾編者都覺得此詩的表現手法特別值得老師和學生注意，可作教學重點。當然不能排除這樣的假設：大家都感到此詩的內容和深意不易掌握，盡量避重就輕。[4] 部分編者不去碰此詩的意旨，部分表述為「興起思古的幽情……表達了對琴箏名家陳蕾士的欣賞和崇敬」[5]、「撫今懷昔」[6]、「除了描摹演奏者的神態和音樂效果外，更流露了懷念故人和熱愛傳統文化的感情」[7]，主要承詩人的後記而來。

4　齡記的編者在「課文賞析」部分談到〈聽陳蕾士的琴箏〉一詩，第一句就說：「本課三首新詩中，這是最難讀懂的一首。」見 1991 年版，第 7 冊，頁 145。

5　昭明出版社《中國語文課本》教師手冊第七冊，頁 129。

6　麥美倫出版社《中國語文》第七冊教師用書「讀與想」第三題參考答案，頁 177。

7　現代教育研究社《中國語文》第七冊，頁 131。

面對聯想和想像如此紛繁、表現手法如此複雜的作品，大部分教科書的編者，都嘗試簡化此詩，或用表解，或分章分節分層次，例如分為演奏前、演奏開始、演奏發展和高潮、演奏結束、作者感受；[8] 又或分為琴音、演奏的動作、琴音的描寫；[9] 或者演奏的開始、繼續、高潮、結束、餘音。[10] 這種化繁為簡的做法，誠然有助理清脈絡；但是只着眼於琴音的階段性變化，依然無法解開讀者讀到各種聯想的困惑，尤其是「金色的太陽／擊落紫色的水晶」一類匪夷所思的想像。讀者也許會問：為甚麼詩人聽琴會聯想到這些事物？這些事物究竟有沒有特殊的意義？如果有，對理解這首詩的幫助有多大？

據筆者研究，〈聽〉詩中的聯想和想像不是偶然而生的，而是聯結着黃國彬二十多年來對人生、藝術逐漸固定下來的觀念，這些觀念縈繞於他的創作心理，揮之不去；如果我們無法破解其中的關係，上述的疑問仍將繼續成為疑問。這篇論文，嘗試從黃國彬的心理定勢，解釋他筆下許許多多相近的聯想、意象，其背後的觀念和意義，並以之剖析〈聽陳蕾士的琴箏〉，希望為讀者提供進入黃國彬詩歌暗道的鑰匙。

二、音樂與聯想的關係

叔本華（Arthur Schopenhauer, 1788-1860）認為，音樂是最

8　現代教育研究社《中國語文》第七冊，頁 148。

9　啟思出版社《中國語文》第七冊，頁 161。

10　齡記出版社《新編中國語文》教師手冊第七冊，頁 73。

高的藝術，因為其他藝術只能表現意象世界，而音樂則為意志的外射，是意志的客觀化（The Objectification of Will）。圖畫所不能描繪的，語言所不能傳達的，音樂往往能曲盡其蘊。[11] 朱光潛（1897-1986）則補充說：「但是音樂也是最難的藝術。……一曲樂調奏完時，滿場人都表示滿意，可是滿意的理由彼此卻不一致。這個人說它喚起許多良晨、美景的聯想，那個人說它引起柔和、悱惻的感情，另一個則誇獎它的抑揚開合、佈置得最周密、最完美。各人所見到的美不同，於是音樂的美究竟何在，遂成為美學上的最大疑問。」[12] 朱光潛的話，不僅指出音樂之美難有共識，也指出聽音樂的人，會由聲入形，聯想到不同的形象、景物。以此聯繫閱讀〈聽〉詩的經驗，問題就來了，不要說讀者沒有在現場聽到陳蕾士高妙的琴箏演奏，就是在場，也未必能領會黃國彬的詩——因為聽聲聯想有很強的個人性，「如果一曲樂調不是完全模倣外物的聲音，又沒有固定的名稱暗示聯想的方向，則聽者所生的意象必人人不同」[13]。

英國劍橋大學教授馬堯司（Charles Samuel Myers, 1873-1946）據研究結果，把聽音樂的人分為四類：（1）主觀類；（2）聯想類；（3）客觀類；（4）性格類。而聯想類的人，聽音樂大半只注意它所引起的聯想，所以聯想所生的快感

11　朱光潛：《文藝心理學》第三章「聲音美」（香港：開明書店，缺出版年分），頁 328、343。

12　《文藝心理學》，頁 329。

13　《文藝心理學》，頁 334。

往往不是美感。[14] 法國心理學家芮波（Théodule-Armand Ribot, 1839-1916）發覺聽音樂的人可分兩類。一類是有音樂修養的，音樂對他們很少能引起意象；一類是沒有音樂修養而欣賞力平凡的，他們在聽音樂時常發生很鮮明的視覺意象。[15] 錢鍾書（1910-1998）雅譯前一種人為「聽者」（the listeners），後一種人為「聞者」（the hearers），並謂「『歷世才士』皆只是『聞』樂者，而『聽』樂自嵇康始也」。[16]

聞樂者「常常把音樂的節奏翻譯成很生動的情節或是很鮮明的圖畫，詩人尤其易犯這種毛病」[17]。這所以詩人聞樂後賦詩，「常借助『聽其樂聲，聯想形象』、『聲能具形』的異趣手法，從而達到聯想共鳴」[18]。在中國古典詩歌中，就有不少用「聽聲類形」的手法寫成的名詩，如李白（701-762）的〈聽蜀僧濬彈琴〉、白居易（772-846）的〈琵琶行〉、李賀（790-816）的〈李憑箜篌引〉、韓愈（768-824）的〈聽穎師彈琴〉、李頎（690-751）的〈聽董大彈胡笳〉等。黃國彬自言寫〈聽陳蕾士的琴箏〉時，「想起李白、韓愈、白居易、李賀等前賢」，要「設法在他們的王國外另闢疆土」。[19] 不過他的表現手法，基本上還是承前人而來，用他自己的話，是利用聯想、比喻，旁敲側擊、迂迴包圍，詩歌的形格尤其近似李賀

---

14 《文藝心理學》，頁 330-331。

15 《文藝心理學》，頁 332-333。

16 舒展選編：《錢鍾書論學文選》（廣州：花城出版社，1990），頁 72。

17 《文藝心理學》，頁 332。

18 《錢鍾書論學文選》，頁 65。

19 《文學札記》，頁 264-265。

的〈李憑箜篌引〉，只是更用力鋪排，自覺或不自覺演繹頭腦中的某些觀念。

浩布士（Thomas Hobbes, 1588-1679）、哲姆士（William James, 1842-1910）等人把思想分為有意旨的（Voluntary Thought）和聯想的（Associative Thought）。前者在輾轉前進時步步受一個主旨控制，方向由主旨指定，其實也還脫離不了聯想；後者自由起伏，飄忽不定，聯想線索雖有關係可尋，卻都是偶然的。[20]這個分類值得移用來引起閱讀〈聽陳蕾士的琴箏〉一詩的人注意：究竟黃國彬聽樂時所生的聯想是偶然的，即換了另一個時間、另一個環境便會完全不同呢，還是在一個主旨控制下有特定方向，即其集結過程實乃體現一個操控着的意旨？朱光潛說：「聯想是知覺、概念、記憶、思考、想像等等心理活動的基礎，意識活動時就是聯想在進行。」[21]他套用佛洛伊德派的心理學者「幻想是意識慾望的湧現」之說，引申出「音樂激動意識時，被壓抑的慾望化裝湧現，於是纔有意象」。[22]也就是說，聽音樂的人，由音樂情調所喚起的意象，往往不是純然客觀的圖像，而沾染了主體的意識。

一些出版社的編輯，寫信問黃國彬：「陳蕾士當日所奏的樂曲叫甚麼名字？」黃國彬說：「當日，陳先生奏了許多樂曲；有的舒徐清幽，有的急促激越；每首都有獨特的意

---

20 《文藝心理學》，頁 86-87。
21 《文藝心理學》，頁 86。
22 《文藝心理學》，頁 334。

境。我在詩中所寫的，是賞樂的綜合經驗，並不限於某一首樂曲。」[23] 這番話很值得注意，因為它顯示〈聽〉詩所演繹的樂調變化，並非真實摹擬某一首樂曲的變化，而是琴、箏等不同樂曲予詩人的綜合印象。〈聽〉詩的種種聯想並不是黃國彬聽琴的當下聯想，而是事後追憶聽琴經驗，經過詩人的綜合和重新編排，在創作心理驅動下的聯想。期間的主體意識，就無可避免主導編演的過程，成為操控的意旨。吳思敬（1942-）說：「每一主體在接收新的外界刺激之前，在內在需要與已有經驗等生理、心理因素作用下已形成某種心理定勢，因此主體對外界事物信息的接收還是有選擇的，已經接收的信息還要經過主體心理結構的加工改組，這樣就必然滲入主體的情緒、意志，從而使外在的客觀環境轉化為內在的心理環境。」[24] 如果詩人筆下的聯想、意象每多重複或十分接近，則這些聯想、意象極有可能是他某種已成定勢的創作心理——一些關乎宗教、人生、文化、藝術、美感等觀念的「顯影」。

三、黃國彬的「聖光心理定勢」

黃國彬二十多年來通過文學創作，映現他對宇宙、人生、藝術的觀照和思考，在這個過程中，某些觀念逐漸成熟並固定下來，形成詩人獨特的「聖光體系」，籠罩着他的詩

---

23 《文學札記》，頁 263。

24 吳思敬：《心理詩學》（北京：首都師範大學出版社，1996），頁 77。

歌,唯至今仍未有人指出。讀者如果對這個體系沒有認識,或不明白這個體系對黃國彬詩歌所發生的作用,往往難以把握許多意象背後的含義和詩歌的主題。

這個體系的形成,關乎黃國彬對生死此一終極問題的關懷以及對偉大詩歌的崇仰。《攀月桂的孩子》和《指環》兩本三十歲前的早期詩集,已有不少詩寫到生死。在乘船渡江、坐車穿過山洞等現實經驗中,黃國彬往往想到從一個世界(生)到另一個世界(死)的歷程。對死亡敏感,黃國彬的思考和感受不僅指向死亡本身,更觸及對死亡的超越,和對永恆的渴求。凡是思索永恆的人,注意力往往轉向時間、空間都浩瀚無邊的宇宙、星體。黃國彬反覆思考的,是地球的誕生。收在《指環》中的〈記憶〉,是研究黃國彬聖光體系醞釀形成的重要作品。詩人指出從崩壞的歷史殘跡中去認識時間悠遠,是並未掌握時間的「秘密」。他認為人的存在內蘊地球誕生的「原始記憶」,此一原始記憶在我們獲得生命時失憶遺忘,要等死後才能重認:

> 直至我們再次被捲入
> 最原始的暈眩,
> 在失憶裏我們重聽
> 那六萬年的滂沱,以及
> 四十七億年前那高速的旋轉;
> 然後,在失憶裏,我們重認,
> 重認最最原始的記憶。[25]

25　黃國彬:《指環》(香港:詩風社,1976),頁88。

天文學家普遍認為，地球誕生於 46-47 億年前。根據康德－拉普拉斯假說，「地球是熾熱的星雲物質冷卻、收縮而形成的」[26]，其間經過高速旋轉。黃國彬將生死聯繫到地球的誕生，把時間線軸推到原始，不僅表達了起點→終點→起點的轉化觀念，也流露了對時間的回溯意識和對生命的回歸意識。這兩重意識，一直影響他以後的詩歌。在詩人心中，地球誕生時星雲的神秘光彩是「絢爛的秘密，始終／深深埋在斷層之下／未向我們裸露」[27]。這絢爛的秘密，不僅是時間的秘密，同時是黃國彬詩歌的秘密。

黃維樑（1947- ）說，黃國彬「沒有信奉宗教，但他有宗教信徒的情操。這是指他對詩的執着、深信而言的」[28]。黃氏說這番話，已是十五年前。在這十五年裏，黃國彬有沒有皈依哪一個宗教，筆者並沒有這方面的資料；但讀他的詩，我深信他除了一直視詩為宗教外，[29] 更有自己信仰的宗教，自己敬畏的神。對生死敏感的人，需要宗教回應此一問題，儘管這個宗教不一定是人世的教派實體。運行有序的星辰、壯麗的大自然，黃國彬在對宏大事物的凝視中感到神的存

26　何國琦：《地球是怎樣演變的》（北京：中國青年出版社，1990），頁 104。

27　〈記憶〉，《指環》，頁 87-88。

28　〈攀山者的獨語——讀黃國彬近期的三本詩集〉，黃維樑：《香港文學初探》（香港：華漢文化事業公司，1985），頁 119。

29　黃國彬曾說：「凌志江說過，詩是他的宗教。在此謹以教友身份拿《地劫》和他的《天地人》共勉，並且保證終身不會叛教。」見〈後記〉，黃國彬：《地劫》（香港：詩風社，1977），頁 135。

在、感到祂掌控着宇宙、大自然的運行。[30]〈牧羊人〉、〈問無神論者〉、〈拉溫納〉、〈孤魂〉諸作，都顯出信徒對神存在的肯定。細讀黃國彬的詩，我發覺他以想像中地球誕生時轉動着神秘光彩的渦狀星雲，作為自我營構的宗教聖域、天國，和虔誠仰望的神祇。對於追求偉大、崇高、永恆的人來說，世間萬事萬物，沒有任何一樣對人的震懾力量，或予人極致的壯美，能超過星體的誕生。其中能量之大，可說超乎想像；但詩人仍可想像為冥冥中的神在運轉宇宙，黃國彬就不止一次暗用布雷克（William Blake, 1757-1827）〈猛虎〉（The Tiger）一詩中的句子，表達對這股神力的驚歎：「是甚麼不朽的巨手和巨目，敢創造你可怕的力量？」[31]、「甚麼樣的肩膀甚麼樣的臂力，／敢削出剖浪劈濤的鋼鰭？／甚麼樣的巨掌，敢緊握如鋸的鋼齒？／甚麼樣的洪爐甚麼樣的鋼砧和巨錘／敢打造那美得殘忍而可怕的流線？」[32]

天文學家對地球誕生的學說、宇宙渦狀星雲神秘而絢爛的色彩，經過詩人主觀心理的轉化，已不是客觀的存在，

30　陳德錦曾在「黃國彬作品座談會」中，提出類似的觀點：「他喜愛大自然，一方面令他寫了兩本遊記，另一方面透過對大自然的觀察，漸漸懷疑有造物主的存在。」見〈黃國彬座談會〉，《香港文藝》創刊號（1984 年 5 月），版 2。

31　見〈尼亞加拉大瀑布〉一文，《文藝雜誌》16 期（1985 年 12 月），頁 104。此處仿〈猛虎〉"What immortal hand or eye/ Could frame thy fearful symmetry?"

32　見〈大白鯊〉一詩，黃國彬：《雪魄》（香港：香江出版有限公司，1998），頁 130-131。此處仿〈猛虎〉"What the hammer? What the chain? / In what furnace was thy brain?/ What the anvil? What dread grasp/ Dare its deadly terrors clasp?"

而成了詩人仰望的宗教聖域。此一渦狀星雲的五個屬性：旋轉、寂靜、深藏、光彩、太初，一直在黃國彬的創作意識中起作用，使他的詩常常表現出旋轉觀念、永恆寂靜、內核世界、光彩視象和回溯意識。由於這個渦狀星雲已被詩人「聖化」、「神化」，因此這幾種屬性，在詩人的觀念中也是神聖的，由這幾種屬性開展的聯想、想像、意象，往往聯結着激起詩人宗教情懷的人、事、物。

從黃國彬詩中出現的渦狀星雲屬性的演化看來，《攀月桂的孩子》在用字上雖已見色彩，不乏旋轉觀念，但看來並未注入詩人的宗教意識。《指環》、《地劫》二集，幾種屬性已上升至宗教層面，從《地劫》〈給 Herbert von Karajan〉、〈詩話〉可以清楚看出來；但這個體系仍在發展之中，在詩人的創作心理上未至於太強烈，出現的頻率未算高。我認為聖光體系，在黃國彬七十年代後期至八十年代初期的創作心理中已大致形成，體現在這時期的詩作之中；但由於這些觀念藏在意象背後，一般人極難察覺。直到黃國彬八六年九月移民加拿大，在加拿大生活六年，其間的孤寂、掙扎，使詩人感到「精神長期在雪焰中焚燒」[33]，聖光順理成章成為精神上的力量，各種屬性在內心聚合，整個體系變得成熟、牢固；所以在九二年八月回港，整理舊作出版，詩人似乎已按捺不住，在同時出版的三本詩集的〈自序〉中，披露了這些觀念，其中《微茫秒忽》的〈自序〉説得最具體：

---

33 《雪魄》代序〈雪焰生魄〉，頁 10。

創作的過程，也是步罡踏斗、在星際迴舞的活動。
在大黑暗中，作者也像諸葛亮和王羲之，全神貫
注，不理會流星以怎樣的高速掠過鬢角；也無暇俯
首，看漩渦狀星雲在腳下靜轉時，抹出多壯觀的大
弧。因為，這時候，他的魂魄早已飛出凡竅，不
受聲音的干擾，翛然飛越藍月亮、藍太陽和流星輝
跡，返回太初，玄默而沉潛，迴翔於宇宙深處的寂
靜，與推動億萬星系的大能相契，最後合而為一，
如絢爛的色彩，全部回歸靜旋了億萬年的大彩虹。
這一刻，他一直等待的微茫，那深獲神寵的光胚，
就會隱隱在太初的純黑中出現。[34]

這段文字，可說揭開了〈記憶〉中「絢爛的秘密」，這個秘密
不僅是時間與宗教的，也是藝術的。它呈顯出聖光體系中旋
轉、寂靜、深藏、光彩、太初這五個神聖的屬性。讀者如果
留意《航向星宿海》、《披髮跣足》、《微茫秒忽》、《臨江仙》
這四本詩集的封面攝影，就能具體感受到黃國彬心靈中這個
宗教境界的形象和色彩。尤其是《披髮跣足》的封面，底色
是宇宙神秘的幽藍，上方如渦狀星雲的大弧，右下劃過一道
紅彩，而紅彩中更閃着一線燦亮的金光；封底是橙紫藍等排
現變化的眩目虹彩，就是詩人心中的「大彩虹」。

　　黃國彬公開說視詩歌為宗教，讀者很容易為這句話所
障，將宗教情懷聚焦於黃國彬狂熱的詩歌創作這個點上；而

34　黃國彬：《微茫秒忽》（香港：天琴出版社，1993），頁 1-2。

忽略黃國彬的宗教情懷，並不局限於詩歌藝術，也不僅僅表現為對一種藝術獻身的忠誠；卻同時包含自體生命的終極關懷，和信仰之中的超驗價值。終極關懷（ultimate concern）是信仰的動能，當詩人將聖光作為永恆的真實本體，置於詩歌藝術和自體生命的「天空深處」而時刻仰望，就很容易因接受和臣服信仰，而達至「忘形」（ecstatic）境界。聖光之所以籠罩黃國彬整個詩歌創作歷程，就因為這個信仰處於忘形之境。

柏拉圖（Plato，約前 427- 前 347）在《文藝對話集》〈斐德若篇〉中，提出了四種迷狂：預言的迷狂、宗教的迷狂、詩興的迷狂和哲學家的「第四種迷狂」。[35] 柏拉圖認為迷狂（mania）肇因於神靈憑附，並不是可怕的。在論述哲學家的第四種迷狂時，他提出「靈魂回憶」說。按柏拉圖的說法，真正的美不在於現象和具體事物，而是理念界的「美本身」。由於理念王國和現象界截然二分，對具體物象的感知就不能獲得「美本身」的知識。柏拉圖說：「就在這天外境界存在着真實體；它是無色無彩、不可捉摸的，只有理智——靈魂的舵手、真知的權衡——才能觀照到它。」靈魂在降生到塵世之前，就隨神周游，望見永恆真實本體。在降附到人體之後，從塵世的具體事物中引發對永恆理念界的回憶，真正的知識只能從這種「靈魂的回憶」中獲得。[36] 前文引述〈記憶〉

35　柏拉圖著、朱光潛譯：《文藝對話集》（北京：人民文學出版社，1997），頁 117-125。

36　王豐斌：〈迷狂與西方審美心態〉，見馬奇主編：《中西美學思想比較研究》第六章第三節（北京：中國人民大學出版社，1994），頁 163。

一詩「原始記憶」和《微茫秒忽》〈自序〉魂魄返回太初，在神聖的光彩中與大能相契的想像，以及黃國彬詩中暗藏對藝術家神思本源的觀點，都令人想到柏拉圖和新柏拉圖主義的代表人物普洛丁（Plotinus, 約 205-270）的理論。

柏拉圖認為哲學家的靈魂常專注於「光輝景象」的回憶，[37] 而光輝景象，就是指「靈魂在上界所見到的絕對的真善美」[38]。普洛丁用「太一」代替柏拉圖的理念，提出靈魂回歸太一之說，王豐斌這樣詮釋普洛丁的「太一」理論：

> 「太一」逐步「流溢」出心智、靈魂和感性世界，人生的目的就在於逃離感性羈絆、返歸「太一」；通過思想的「淨化」和哲學的「沉思」最終在迷狂中超升，與「太一」合為一體。只有在這種心醉神迷的狀態下，靈魂才能超越它自己的思想，沉浸於神的靈魂，沐浴在神性的光輝裏。審美活動的極致也就是在這迷狂中進入「太一」。[39]

黃國彬的聖光觀念，可說呼應柏拉圖、普洛丁的理論。由於黃國彬對此太一聖光神往不已，臻於迷狂，因此思想、感受，完全落入聖光的宗教色彩中，詩中也就常常表現回歸太一（詩人的用語是「太初」）的觀念，試讀〈加拿大境內觀尼亞加拉大瀑布〉，就可以知道詩人如何因面對宏大、震撼的

---

37 《文藝對話集》，頁 125。

38 《文藝對話集》，125 頁之注 1。

39 王豐斌：〈迷狂與西方審美心態〉，見馬奇主編：《中西美學思想比較研究》第六章第三節，頁 163。

事物，激發崇高感、宗教意識，將瀑布上出現的彩虹，連上
太初的永恆本體，其間幾個神聖屬性也就同時活動：

> 一下車，沉雷誕生的聲音中，
> 一道彩虹在遠處升起；
> ……
>
> 啊，這是歸墟的入口，
> 是天河決堤的所在，
> 億萬立方尺的碧琉璃
> 從洪荒湧來，匯成大聲音，
> 自開天闢地的一刻響起，
> ……
>
> 在萬座天河的共鳴中，
> 一聲更洪亮的咆哮
> 來自瀑聲深處，
> 通向深海的漩渦，
> 通向太初的黑雷，
> 捲去一切凡聲後
> 傳入我心底，
> 如礦脈在地層滾動；
> 把我喚入邈古的潮汐，
> 使我清醒澄澈，
> 回答太初的月芒。[40]

40　黃國彬：《披髮跣足》（香港：天琴出版社，1993），頁 28-30。

在〈論偉大〉一文中，黃國彬更將靈視列為三個通向偉大條件的最高標準，而靈視所開啟的，就是聖光境界：

> 要寫耐讀的作品已經很難，要寫澎湃磅礡的作品更難，而最難的莫過於飛升天宇，目眙聖光，直達靈視境界。……這裏所指的靈視，是《神曲》最後一章的聖光。這種聖光，至明，至善，至美，眾色在裏面燦然相宣，生命的陰霾、翳障、烏雲全在那爍爍的光華下消散化解，一切凡軀的濁眼，一旦經這種至純至明的光芒洗滌，就會望入至清至澄的晶空望入永恆，剎那間分享到神的睿智。所謂生命和宇宙的真諦，這時已如驪龍之珠，手到擒來。[41]

這是一段十分重要的文字，不僅因為詩人直接拈出「聖光」一詞；不僅因為它顯示詩人心目中的聖光，和柏拉圖所謂「光輝的回憶」中的「光輝」，同樣具有美智善的品質，同樣見出「神的睿智」；最重要的，是這個聖光，已連上了詩人對詩歌藝術的觀念，也就意味「通過思想的『淨化』和哲學的『沉思』最終在迷狂中超升」的審美活動，會介入、強烈影響詩人的詩歌創作。在上引的詩中，詩人說自己被瀑布的彩虹、大聲音喚入邃古的潮汐，變得「清醒澄澈」，就是因為靈魂從「失憶」中清醒，超越了凡污俗穢，能對永恆真實本體有所感有所回應，「分享到神的睿智」，認識到「生命和宇宙的真諦」。

41　黃國彬：《文學的欣賞》（台北：遠東圖書公司，1986），頁 30-31。

黃國彬譯註的《神曲‧天堂篇》封面

　　性格、氣質影響黃國彬的審美情趣，使他覺得偉大的人、事、物，都是神聖的，因而產生宗教情懷——激活聖光體系的動能。要破解聖光體系，先要破解黃國彬顏色系統的秘密。黃國彬是對色彩極度敏感的詩人，也是香港設色最繁富的詩人；他的詩設色儘管繁富，但往往有象徵含意，自成系統，其中明顯相對立的兩種顏色是「黑」和「金」。在詩人的色彩系統之中，黑色的屬性比較單一，往往象徵死亡、邪惡的力量或苦難。和黑色相對，黃國彬用得最多最頻密的顏色是「金色」，他的詩總予人金光燦爛之感，以下是從他詩文中拉出來的一串「金鍊」：金濤、金鯉、金琴、金蓮、金光、金光潮、金漪、金玻璃、金梳、金弦、金曛、金浪、金波、金瀑、金鷗、金海、金光菊、金指環、金號、金雲、金子、金芍藥、金曦、金輝、金琥珀、金風、金脆、金車、金芙蓉、金艷艷、金噴泉、金鬣、金玉、金矢、金箭、金弓、金鏃、金鈸、金窩、金花鼠、金翅鳥、金水河、金號角、金羊毛、金犀牛、金披肩、金椅子等。金色可說是了解黃國彬詩歌內涵的重要密碼，因為它在黃國彬的心理之中是神聖的顏色。金色往往因為黃金物質性的貴重和沉重，以及太陽化育萬物的金色光芒，而為人讀出尊貴、神聖的品質。綜覽黃氏的著作，隨處可見這種色彩在活動，例如〈指環〉：

> 金色是太陽在宇宙的自我肯定，
> 也是恆星和恆星的彼此印證，
> 時間不能玷污的一種顏色，
> 將恆在指上默默昭示。[42]

---

[42]　《指環》，頁 3。

又如「一個在金色的永晝生活了三十多年的人」[43]、「如金蓮萬朵挾發光的紫氣」[44]；而金光往往與神、聖靈、天國連上關係，可見在黃國彬心中的確是聖色，例如「神的容顏正發出金光」[45]、「一海湧溢的金光——／西方不朽的極樂」[46]、「如天神龐大的肩胛，／在金色的雲間，／閃着神秘而懾人的光芒」[47]。〈最後一天〉寫末日審判，基督二度降臨的情境，金光更接二連三出現：「突然，東方的地平線金號齊鳴，／一浪接一浪的金光騰躍翻湧，／天原的歌聲如金瀑下瀉」[48]。

金色既是神聖之色，不但可與象徵死亡、邪惡的黑色或黑暗相抗，[49]甚至將之消解：「讓金色的陽光驍驍／割開五千年的黑暗」[50]。〈以黎明洗衣〉的結尾，更清楚顯示神聖的金光能消解、滌淨黑色的死亡和邪惡的「污染」。[51]詩人對這種神聖色彩的渴望，往往帶着信徒朝聖一樣的興奮、熱切心情，試看〈峨眉〉一文，作者寫他不辭艱苦攀登峨眉之巔的

43　〈自序〉，黃國彬：《楓香》（台北：三民書局，1994），頁 2-3。

44　〈晴秋登鳳凰山〉，黃國彬：《臨江仙》（香港：天琴出版社，1993），頁 93。

45　〈在珍珠港阿利那號紀念館裏〉，《雪魄》，頁 110。

46　〈大嶼山觀音寺〉，《雪魄》，頁 161。

47　〈大雪登峨眉〉，黃國彬：《航向星宿海》（香港：天琴出版社，1993），頁 149。

48　黃國彬：《吐露港日月》（香港：學津書店，1983），頁 33。

49　〈送健鴻、懿言赴美〉一詩，透露黃國彬與詩風同仁曾以恆星的現象作道德理式，以光抵抗黑暗：「你曾詮釋過恆星的意義，／以光認同，以光抵抗／黑暗，以熱抵抗寒冷。」見《地劫》，頁 88。

50　〈星誄〉，黃國彬：《息壤歌》（香港：詩風社，1980），頁 65。

51　《雪魄》，頁 72。

金頂，那種語調，那種熱情，就很有信徒求神恩沐浴之意：

> 到了金頂，到了西蜀萬山之上，我就可以一個人立
> 在一萬尺的高空呼吸那颭過帝座的天風。……到了
> 金頂，置身曠絕，我就會聽到天外和散哪的歌聲。
> 到了金頂，太陽千億萬道金光就會把我全身照亮！
> ……金頂啊金頂，你可聽見我的呼喚？我半跌半爬
> 咬着牙關向上苦撐，每走一寸就彷彿要舉起一隻重
> 達萬斤的鐵鞋。……金頂，眾人聞而卻步的金頂，
> 我夢寐以求一直念念不忘的金頂，大雪封山時人人
> 勸我不要妄想的金頂，在一萬尺之上迴出萬嶽千山
> 的金頂終於在我眼前出現！……在無際的空間，太
> 陽的金光如億兆枝金矢在萬山之上馳騁，然後射落
> 銀光閃閃的白雪。兩年之前，我曾在泰山的絕頂聽
> 眾寂之門在九霄之上開啟，並且獨自和茫茫的昊天
> 對話。然而金頂比玉皇頂更高；我置身其上，精神
> 昂揚，衣袂飄舉，彷彿聽見了金琴和諧的聲音琮琮
> 琤琤自天外傳來。金色的光海在我頭上，銀色的光
> 海在我腳底，綠色的杉濤在我周圍，一萬尺之下，
> 河流如閃閃的銀帶在無邊逶迤。……之後，我在金
> 頂的中央指點大化，看萬山在腳下匍匐，雲濤無聲
> 馳驟，並且以背後的冷杉林和幾百里外的大雪山做
> 背景，獨立在廣漠之上請服務員把我和一萬尺的金
> 光、雪光、藍天和幾百里外的西康一併攝入鏡頭。
> 如果人死後真的可以不朽，真會有神的霞光照亮全

> 身，則我在陽光下獨立在一萬尺的金頂，就已經置
> 身神側了。[52]

引了這麼一大段文字，旨在讓讀者更清楚明白黃國彬的宗教情懷與金色——這種在詩人心靈裏視為神聖之色的關係。就像信徒，他站在峰頂，想着的是天外的和散哪，聽到的是天外金琴的聲音，在感覺上，金光、金矢、金色的光海，不啻是「神的霞光」，而詩人沐於此宗教聖光之中，就自我上升至神格，在金頂的中央指點大化。

　　筆者發覺，詩人面對星辰、悠久博大的文化、宏大的事物、偉人、大藝術家時，往往會激起宗教情懷。宗教情懷激盪起來，黃國彬神聖的金色系統就會運作，即使是聽着不具視象的音樂——由偉大（或傑出）的音樂家創作或奏出的震撼樂曲——詩人的視覺想像世界即會大開，金色驟現，發生「着色的聽覺」（Colour-hearing）。[53] 黃國彬在談到〈聽陳蕾士的琴箏〉時就這樣説：「我第一次聽貝多芬的《莊嚴彌撒曲》，心中的眼睛看見萬丈金光在天宇馳騁。」[54] 而他聽樂的詩，頗多這樣的反映，例如聽貝多芬《第五交響曲》時，他

52　黃國彬：《三峽‧蜀道‧峨眉》（香港：學津書店，1982），頁 150-156。

53　據心理學家研究，有一部分人每逢聽到一種音調常立刻想起一種顏色。德臘庫瓦（Delacroix）教授曾遇見一個受驗者聽到瓦格洛的《歌師曲》的引子時發生黑色、紅色和金黃色的幻覺。詳見《文藝心理學》，頁 334-335。

54　黃國彬：〈《聽陳蕾士的琴箏》小釋〉。但最初發表在《華僑日報‧文廊》上，詩人説是聽韓德爾的《彌賽亞》；到收入《文學札記》時，改為貝多芬的《莊嚴彌撒曲》，頁 266。

也以金光意象為喻：「一萬匹光馬在奔騰，／金鬣疊着金鬣翻騰着遠去」[55]。而在《楓香》〈自序〉中談到貝多芬《第九交響曲》時，他也這樣形容：「旋律如金泉噴薄上湧，升入九天，滿溢成金色的光海」（頁5）。

金色並非黃國彬色彩系統中惟一神聖的顏色。詩人心中還有一組七色聖光，即他所謂的「大彩虹」，而金色，似乎是深獲神寵的光胚之色，常常出現；但其他組成聖光的顏色，特別是紅、紫、藍，在他的詩中也相當活躍。〈詠光〉中的「光」，就以渦狀星雲的瑰麗色彩出現，而詩人更明言光與神的同構關係：

> 前進時無須依附空氣。
> 無處不在，又無從捕捉；
> 珍珠的淚痕、瑪瑙的赤焰、
> 貝殼的紅暈碧浪和紫渦
> 都在裏面靜伏。宇宙中，
> 只有它可以真正獨行；
> ……
> 雖比海底的深淵寂靜，
> 卻是造物主嘹亮的語言。[56]

55　〈聽庫爾德‧馬素指揮紐約管弦樂團演奏貝多芬的《第五交響曲》〉，《雪魄》，頁57。

56　《吐露港日月》，頁81-82。

57　《雪魄》，頁43。

　　黃國彬很多詩文的結尾，都觸到這神聖的七彩光芒，例如〈觀貝多芬的面模〉：「然後留下一艘破船，／乘一葉飛舟，輕快如羽，／挾七色的光芒返回彼岸。」[57] 散文〈尼亞加拉大瀑布〉的收筆：「正在左右諦觀這大自然的奇景，傾聽天地間最雄壯的咆哮響自那永恆的帝座，偶爾側望，赫然見一道彩虹，紫色在內，紅色在外，燁燁從瀑下氤氳的水氣中直貫天頂，如一個七色光冕，巨大而完美，把我溫柔地籠在中央。」[58] 這段文字已從實入虛，不僅寫瀑布外的真實彩虹，而上升至寫心中神聖的「大彩虹」，詩人在性靈上彷彿已進入聖光，感到為袍「溫柔地籠在中央」。

　　《論語‧子罕篇》記子貢（前 520- 前 446）問孔子（約前 551- 前 479）：「有美玉於斯，韞匵而藏諸？求善賈而沽諸？」孔子回答：「沽之哉！沽之哉！我待賈也。」可見儒家的大聖人很早已將有德的人喻為美玉。儒家觀人重視內涵，而內涵是內心、內在的，因此受到儒家道德觀影響，行事為人帶着儒者謙謙氣度的詩人黃國彬，總感到真正高潔的情操，不是表面的；真正偉大的詩歌，不是表象的，而神聖之光，也深藏於一個內在的，不容易進入的境界之中。從他為行將出生的孩子改名一事上，足可窺見黃國彬兩個縈心之念：家國民族和內在德光，後者與聖光體系其中一個神聖的屬性——深藏的內核世界，可說互相呼應。黃國彬〈給孩子起名〉考慮的是：

58 《文藝雜誌》16 期（1985 年 12 月），頁 104。

翻遍了所有的辭典，
才發覺爸爸找的
不過是件彩衣；
你出生後將不需絢爛。
如果你是女孩，
爸爸就叫你做『韞』；
是男，就稱你為『載』。
是女不必太美
（太美會貪慕虛榮），
卻要如山韞玉，如玉含光。
是男不必發財，不必讀醫，
詩寫不寫都無所謂；
卻要像大地，木訥博厚，
在風雨中默默承載河山。[59]

這幾句詩，觸到黃國彬詩歌的兩大核心：家國民族感情與聖光體系，不容忽視。這些詩句，不僅體現黃國彬的人格要求，而且透露了他的聖光體系。山，顯示壯美宏大，玉在山中，是藏而不露，而最重要的，是這玉含光，也就是黃國彬美感、道德和宗教境界中的聖光，只有穿過外部，進入內部核心才能得見。

由於聖光長期成為黃國彬的情結，於是，他視為至高無上、終極視野的「聖光」及其神聖的屬性，就被他移入他

59　黃國彬：《翡冷翠的冬天》（香港：山邊社，1983），頁 59-60。

關懷的五個大環：（1）琥珀愛情；（2）文化崑崙；（3）道德人格；（4）生命歸宿；（5）藝術境界。詩人藉着上升或飛升意識，將這五個大環推向「聖光」。於是，當他筆下的詩文，牽涉到這五個範圍的題材時，而其中的人、事、物，在他看來是神聖、偉大、崇高的，則他的宗教情懷就會激盪起來，而聖光的五個屬性，或離或合，衍生出對應的意象，籠罩着他的作品。有時候，我們更會清楚看到渦狀星雲旋動的形象、光彩；而黃國彬筆下的作品受到這個「聖光心理定勢」的影響、操控，常常趨赴相同或相近的方向。曹明海（1952-）説：「心理定勢實質就是對過去的定向活動進行概括和簡約而建立的一種簡化模型。當相似的情境角度出現時，這種簡化模型便作為『心向』或『準備狀態』，現實地影響和制約活動的展開及其方向。」[60]讀者在閱讀黃國彬上述五大題材的詩歌時，不難發現聖光的屬性在其中活動的情況，以及詩人的聯想、想像、意象，如何受到「聖光心理定勢」的影響、制約，總是朝向相近的方向。

四、析〈聽陳蕾士的琴箏〉

有了聖光體系的先識，閱讀〈聽陳蕾士的琴箏〉時，對於那些聯想、想像就較易找到解讀的方向。讀者應該留意黃國彬的「聖光心理定勢」對聆樂詩的影響：（1）詩人聽崇仰

60　曹明海：《文學解讀學導論》（北京：人民文學出版社，1997），頁44。

的音樂家演奏時會激起宗教情懷；（2）宗教情懷激盪時，聖光體系就會運作，而詩人往往會由聲入形，發生「着色的聽覺」，其中金色和另外幾種神聖的色彩最為活躍；（3）詩人重新編演樂曲，在主體意識主導琴音變化的過程中，詩人為甚麼要作這樣的安排？（4）詩人對宏大事物的審美價值觀和回歸古典的語言表現，如何建構這首詩的意象？以下是筆者帶着上述的「心理預備」分析〈聽陳蕾士的琴箏〉。

這首詩共分十節，每節四行，用普通話押韻，[61]詩人自覺的用韻規律是每節的第二、四兩行最末一字，部分詩節逸出這個自覺的規律而用了韻，都是無意的；從外形律聲看，這顯然是一首格律詩，部分教科書的編者，因用粵語來唸，得出用韻隨意的結論，竟説是自由詩。除第四、第七節外，其餘各節的用韻，基本上收 ang、eng 的後鼻音和 an 的前鼻音，連同第七節「颯」、「霞」，都在極力模擬琴箏的聲音，使讀者閱讀時不斷聽到叮叮登登、絲絲沙沙的琴聲，這顯然有意仿效古典聽樂詩的用韻技巧。白居易的〈琵琶行〉、韓愈的〈聽穎師彈琴〉等，善用寒、陽諸韻，用接近琴聲的字音撞擊讀者，〈琵琶行〉「嘈嘈切切錯雜彈，大珠小珠落玉盤，間關鶯語花底滑，幽咽泉流冰下難」[62]四句，聲的模擬與形的鮮活，更是發揮得淋漓盡致。黃國彬創作此詩，在營造聲音效果上可説相當用心。

61　黃國彬與筆者共同主持第二屆香港文學節「詩歌寫作坊」時，向聽眾説他作畢一首詩，都會用普通話唸，聽聽聲音效果。

62　這裏從段玉裁《經韻樓集‧與阮芸臺書》的説法，不作「水下灘」而作「冰下難」。

> 他的寬袖一揮，萬籟
>
> 就醒了過來。自西湖的中央
>
> 一隻水禽飛入了濕曉，
>
> 然後向弦上的漣漪下降。

　　此詩第一句，已將陳蕾士升上神格，可以喚醒萬籟，而第四節說他「輕撥着天河兩岸的星輝」，是此一神格的呼應；從這個神格的擬想，可知在黃國彬心目中，陳蕾士是大音樂家，面對升上神格的大音樂家，詩人的宗教情懷就會激盪起來。緊接的幾句，寫輕柔的琴音初起予詩人的感受，其中的聯想滲入詩人遊西湖時對靜美意境的欣賞，「漣漪下降」可以理解為兼寫手勢、樂音、意境。

> 月下，銀暈在鮫人的淚中流轉，
>
> 白露在桂花上凝聚無聲，
>
> 香氣細細從睡蓮的嫩蕊
>
> 溢出，在發光的湖面變冷。

　　第二節的詩句，許多教科書的編者，將之轉化為琴音的幾種姿態；我則認為這些詩句，承接第一節「萬籟／就醒了過來」，是通過神話中的鮫人和植物最細微的變化，側寫音樂的神力（既已升上神格，就不好說是魔力了），如何使萬物醒轉，甚至連神話中的鮫人也受到牽引，有如希臘神話中奧菲斯（Orpheus）的琴音召引萬物的力量。鮫人的淚中流轉着銀白的月光，是上仰的姿態，暗示音樂來自天上——黃國彬慣性把大音樂家的樂曲詡為仙音、天樂。鮫人聽到這

天樂，感動得泛着淚光；而白露感到音樂的力量，反應則是屏息靜氣，不敢聲張；至於睡蓮，受到音樂的召引，藏於蕊心的香氣迫不及待向外湧，以致溢出。這幾句詩打通聽覺、視覺、嗅覺、觸覺，充分發揮感覺挪移的技巧。黃國彬曾說：「具體的詩，本身又可以有四種特色。首先，它能夠把具體的經驗鮮明地傳遞給讀者。要把經驗鮮明地傳遞給讀者，最直接的方法是訴諸讀者的視覺、聽覺、觸覺、味覺、嗅覺。」[63] 這節詩暗示初起的柔和樂曲已不同凡響，出神入化，而詩人在想像上彷彿出晨入夜──欣賞清晨的西湖寧靜柔和的美境，倏忽在月下「近距離」看見事物為琴音牽引的情狀。

> 涼露輕輕地敲響了水月，
> 聲音隨南風穿過窗櫺
> 直入殿閣。一陣盪漾
> 過後，湖面又恢復了平靜。

第三節第一句緊承第二節「月下」、「白露」、「變冷」等意象，描寫在輕柔的樂音中，突然躍出一個個比較清脆響亮的音符，清揚悠遠，這樣的樂音盪漾一會又回復平靜。「窗櫺」、「殿閣」，從第一節的聯想而言，指向西湖的樓房水榭；從詞語的古典屬性而言，可知黃國彬的聯想指向古代，正如詩人所說：「那天下午，我在琴音中成了個雅士，彷彿置身於古代的中國。」[64]

63　〈好詩的特點〉，《文學的欣賞》，頁 54-55。
64　〈聽陳蕾士的琴箏・後記〉，《吐露港日月》，頁 93。

> 他左手抑揚，右手徘徊，
> 輕撥着天河兩岸的星輝。
> 然後抑按藏摧，雙手
> 游隼般俯衝滑翔翻飛。

　　第四節首兩句曲寫陳蕾士彈琴的氣度，抑揚、徘徊之間，已像神輕撥天河兩岸的星輝。之後手勢急疾多變，琴音也隨之起急劇變化。這一節是過渡的詩節，承上啟下，將柔和與激越的樂段連起來。在意象上，游隼與第一節的水禽相對、呼應，一強一弱，各配性質相屬的樂音；這種講求意象統一、承轉的技法，顯然受到由龐德（Ezra Pound, 1885-1972）、洛威爾（Amy Lowell, 1874-1925）等人領導，盛行於1914-17 年的英美意象派運動的影響。

> 角徵紛紛奪弦而起，鏗然
> 躍入了霜天；後面的宮商
> 像一隻隻鼓翼追飛的鷁子
> 急擊着霜風衝入空曠。

　　這一節承前節末句游隼之喻，以逃走和追擊擬寫琴音的急疾緊迫，此起彼落，越來越激昂高曠。如果説此詩首三節是春夏的江南意象，則從這一節開始，則轉以秋冬的大漠、塞外的冰川意象為主。這一節特別多 an、ang、eng、ong 收尾的字，唸起來的確高昂激越，盈耳響亮的琴聲，扣人心弦。

> 十指在急縱疾躍，如脫兔
> 如驚鷗，如鴻雁在大漠陡降；

> 把西風從竹林捲起，把木葉
> 搖落雲煙盡斂的大江。

第六節前兩句仍在寫陳蕾士彈琴的手勢，急彈復急頓，脫兔、驚鷗、鴻雁陡降的想像，仍緊承前節游隼、鷂子之喻而來，猛禽追擊，是以兔走鷗驚，鴻雁急降辟易，意象的承轉仍是有跡可尋。後兩句寫琴聲的氣勢，繁音交錯而上，其勢若風捲殘雲，詩人感到這節看似激越紛亂的樂曲背後，是壯美宏大的意境，乃有木葉搖落雲煙盡斂的大江此一視象。秘響旁通，[65] 筆者在這兩句詩中聽到黃國彬極喜愛的杜甫（712-770）詩的聲音：「來如雷霆收震怒，罷如江海凝青光」。

> 十指在翻飛疾走，把驟雨
> 潑落窗格和浮萍，颯颯
> 如變幻的劍花在起落迴舞，
> 彈出一瓣又一瓣的朝霞。

第七節寫琴音由響亮激越變為斯斯沙沙如驟雨潑落窗格

---

65 葉維廉在〈秘響旁通——文意的派生與交相引發〉中說：「我提出閱讀（創作亦然）時的『秘響旁通』的活動經驗，文意在字、句間的交相派生與迴響，是說明中國文學理論與批評所重視的文、句外的整體活動。我們讀的不是一首詩，而是許多詩或聲音的合奏與交響。中國書中的『箋註』，所提供的正是箋註者所聽到的許多聲音的交響，是他認為詩人在創作該詩時整個心靈空間裏曾經進進出出的聲音、意象、和詩式。……」見《中外文學》13卷2期（1984年7月），頁4-22。容世誠在〈「本文互涉」和背景：細讀兩篇現代小說〉中，說葉維廉這段文字背後的觀念明顯地是「本文互涉」（intertextuality）的，見陳炳良編：《香港文學探賞》（香港：三聯書店，1991），頁249-284。

和浮萍的聲音，這種聲音隨即引發詩人的近似聯想——劍花
迴舞的聲音。末句一瓣的「瓣」字緊拈劍花的「花」字，是詩
歌常見的鍊字技巧。這裏的舞劍意象，仍然難掩杜甫〈觀公
孫大娘弟子舞劍器行〉在詩人的創作心理中活動的痕跡。熟
悉黃國彬詩歌的人大概都知道，黃國彬因深愛杜甫這首詩，
對「劍」形成設譬情結，常以此喻藝術上的層次、境界；例
如論及胡燕青（1954-）〈江島佳年〉和〈驚蟄〉二詩的結尾時，
他就稱許為「更如雷霆收勢，江海凝光」[66]；在〈散文創作的
一些問題〉中，他說：「理想的大散文家，可以從容地步行，
也可以像公孫大娘般『一舞劍器動四方』」、「理想的結尾，
像理想的開端一樣……可以像雷霆收震怒，也可以像江海
凝青光」；[67] 他又喜以武林高手登山比劍論詩歌境界，更以劍
的招式喻詩：「但詩，卻可以成為武器：可以點，可以刺，
可以砍，可以劈」[68]；〈干將與莫邪〉更以冶鑄「至堅」之劍，
要有所犧牲，隱喻要達到藝術境界的極至，要不惜一切，甚
至以犧牲生命的熱情與至誠，使靈與器渾然一體，才能像神
一樣創造宇宙，展現聖光：

〔説完就奮身躍入洪爐。

剎那間，烈火化為七色

交纏翻湧，隆隆的火濤裏

紅紫青藍在渦旋，橙色和綠色

66　〈騰雷初躍〉，《文學的欣賞》，頁 204。

67　《文學的欣賞》，頁 105、111。

68　〈自序〉，《指環》，頁 7。

　　化為閃閃的柔漪旋向黃核。

　　然後，火濤的巨響靜止，

　　如一場風暴在海面平息，

　　一片紅霞靜鋪而去，最後

　　是一道彩虹升起，橫貫了火爐。〕[69]

由此可見，在黃國彬的詩中，劍的意象與藝術境界關係密切；這一段劍花迴舞，實際上意味陳蕾士彈琴箏的音樂造詣已臻極至，彈出朝霞，意味誕生——金光將現，宗教情懷激盪，着色聽覺行將發生，聖光體系馬上運作！

　　雪晴，山靜，冰川無聲。

　　在崑崙之巔，金色的太陽

　　擊落紫色的水晶。紅寶石裏

　　珍珠如星雲在靜旋發光。

　　不少中學老師向我表示，這一節是全詩中最難理解的。許多教科書的編者，為了將這首詩的意象轉譯為琴音，連意象的顏色、屬性，都要還原為相應的音樂，於是既有理解為「樂韻的銀白清冷主調中呈現璀璨色彩的暖調」[70]；也有將「雪晴」一句理解為「樂音暫歇」，「在崑崙之巔」是「演奏進入高潮」，「金色的太陽……水晶」是「鏗鏘清脆的音響」，星雲靜旋是「悠揚的音調迴環往復」。[71] 還有更仔細的譯釋：

69　《雪魄》，頁 20。

70　香港教育圖書公司《會考中國語文》第一冊，頁 238、254。

71　齡記《新編中國語文》第七冊（樣本），頁 146。

詩中用「雪晴」的景象比喻音色清澈、透明；用「山靜、冰川無聲」的意境，比喻清澈、悠揚、柔美的音調由高轉低、由強轉弱，直至間歇靜美。用「在崑崙之顛，金色的太陽擊落紫色的水晶」，形容樂曲由暫時休止後，再用強力度、高音區彈奏，突然爆出強烈、高昂的音調，清澈、明亮的音色，豐富多彩的旋律。用「紅寶石裏珍珠如星雲在靜旋發光」，比喻那音調清脆明快，圓潤豐滿，音色晶瑩明麗，柔美平靜，餘響悠揚宛轉躍入高空在靜靜的迴旋。[72]

這些解釋都是閱讀者對文本意義的理解，不無道理，值得尊重；只是，此詩幾乎全是由聲入形的意象，如此毫釐不失地譯釋，還形為聲，則每句都顯示獨特而細微的音調、音色或音區的變化，詩人彷彿變成精通音樂的人。這樣解讀，讀者難免「疑神疑鬼」，五色令人目盲，五音令人耳聾，難怪老師和學生大呼吃不消了。筆者認為這節文字，完全是聖光心向在活動。從山、冰川、崑崙之巔等意象看來，詩人在宏大的樂曲中，已激起偉大、崇高的意識、宗教的情懷，他感到漸近尾聲看似寂靜的這段樂曲，其實宏大、崇高、淵深，因此以他常常用來營造大、高的意象作聯想；而他彷彿為此宏大的樂曲帶引，「飛升天宇」，來到藝術、文化崑崙之巔，「目眙聖光，直達靈視境界」，「看見眾色在裏面燦然相宣」，「望入

72　麥美倫出版社《中國語文》教師手冊第七冊，頁 87。

永恆,刹那間分享到神的睿智」(此詩開端,詩人已將陳蕾士升上神格)。這幾句詩完全呈現出聖光渦狀星雲的形象,也體現聖光其中四個神聖的屬性——旋轉、寂靜、深藏、光彩(如果視星雲此一意象具太初意味,則是全數呈現)。而金、紫、紅,正是組成聖光的色彩。與其把這一節詩解為不同樂音的變化,化簡為繁;不若「振葉以尋根,觀瀾而溯源」[73],從詩人二十多年來詩歌創作的「聖光心理定勢」出發,解為詩人被崇高、宏大、淵深的樂曲帶入一個宗教境界,發生着色的聽覺,看到神聖的光彩。筆者發現在眾多教科書編者之中,張志和(梅子,1942-)、歐陽汝穎的解讀能觸到這重關係,他們用「何等的深邃,何等的崇高」、「令人有進入一種神聖崇高境界的感受」、「莊嚴崇高的感受油然而生」形容第八及第九節的詩句。[74]

> 然後是五指倏地急頓……
> 水晶和融冰鏗然相撞間,
> 大雪山的銀光驀然在高空
> 凝定。而天河也靜止如劍。

第九節寫音樂收束的一瞬,隨着音樂家五指急頓,傳來轟然一聲震撼人心的巨響。「水晶」一句,將太陽照在冰上的靜態,擬想為具有質感、硬度的水晶與融冰相撞,有如隕石撞地球,而其色彩又予人高科技的集束激光射向融冰之

---

73 《文心雕龍·序志》。
74 長春出版社《中國語文》教師手冊第七冊,頁138、147。

感。按理如此相撞必然發生大爆炸，詩人卻巧妙地利用晶、冰、鏗、然、相、撞、間（十字之中佔七字），珠玉琤琤、清脆響亮的字作聲音的內部爆炸，而不作外部形象的描寫；反而由聲入形，突現更宏大、更崇高、更聖潔的意象——大雪山——神一樣橫空靜屹，如劍懸於天河，使詩人蕭然仰望。筆者在這節詩中再次聽到「來如雷霆收震怒，罷如江海凝青光」的聲音。第七至第九節的聲音效果可說匠心獨運，如果說詩人在第七節按律以「颯」、「霞」為韻，利用弱音的字，來反托第八節高曠、響亮的後鼻音 ang；則第八節意境上不尋常的寂靜，是為第九節最高潮的一下急頓、相撞而生的巨響作墊，而緊接的竟不是大爆炸，卻是大寂靜，使詩歌的結尾顯得波瀾起伏。[75]

> 廣漠之上，月光流過了
> 雲漢，寂寂的宮闕和飛簷
> 在月下聽仙音遠去，越過
> 初寒的琉璃瓦馳入九天。

最後一節寫仙音、天樂回歸天上，意象看來遙接首三節的聯想。聯結〈觀貝多芬的面模〉等詩，此詩又一次印證黃國彬一個十分穩固的觀念：偉大的音樂家像神一樣從天外來

---

75 黃國彬在〈好詩的特點〉中，曾分析李白〈早發白帝城〉，認為此詩「第三句無韻，語勢稍斂；第四句在第三句稍斂後再度直瀉而下，以聲調高越的『山』字暗示出峽後的喜悅昂揚；字音和字義配合得如影隨形。」見《文學的欣賞》，頁 49。〈聽陳蕾士的琴箏〉一詩第七、八、九節的技巧，與此頗為近似。

到人間，他們在宇宙深處、永恆的理念界見過聖光，將此藝術巔峰境界的靈視光彩帶給人類，然後回歸天上。〈聽陳蕾士的琴箏〉一詩中「神格」、「仙音」的設想，意味「此曲只應天上有，人間那得幾回聞」；而詩人有緣聽此「天樂」，「目」送其回歸，不啻是由聲入形的一次「第三類接觸」。這一段的語調見抒情，流露懷念友人之意。黃國彬一九八零年離開中文大學轉職香港大學，[76] 思果一九八一年離港移居美國曉霧里，[77] 而陳蕾士亦已退休離港，詩人八二年寫此詩時，昔日的雅聚已風流雲散，「寂寂」也就使人聯想到寂寞了。

五、結語

文學創作是微妙而複雜的心智活動，而詩歌這種文類，往往由一剎那的感受或一個觀點通過種種聯想、意象、敘述來開展，加厚內容。許多由成長、遊歷、閱讀、生活經驗、人事交往、時代風尚或社會環境所影響生成的觀念、感受、愛憎、美感認同、意識形態，影響着詩人的創作，而詩人對此自覺或不自覺；讀者解讀詩歌時，常常無法打通聯想、意象的經脈，感到理解的鬱塞難通。〈聽陳蕾士的琴箏〉之所以一直困擾教與學的師生，因為此詩不僅牽涉到音樂之美這個在美學上的最大疑問，也牽涉到黃國彬一直未為論者破譯

76　〈中大六年（節錄）〉，見《翡冷翠的冬天》，頁 111-114。

77　黃國彬在〈自序〉中說：「一九八一年思果先生離港返美後，吐露港的貞觀時代很快就結束了。」見《吐露港日月》，頁 3。

的聖光體系。偏偏這首詩除第一及第十三句指向真實人物的動態外，其餘全是出今入古、飛越四方、上天入地的聯想和想像，虛位密度極大而疏氣位極少，以致讀者讀得喘不過氣來。這實在是相當艱深的作品，不明白何以會選入中學課程。

淒美而不可解

—— 試解鍾偉民的〈蝴蝶結〉

一、前言

八十年代初，通過青年文學獎迅速在香港詩壇崛起的鍾偉民（1961-），在《文藝》季刊第六期發表了百餘行的長詩〈春天〉。《文藝》的編輯儘管把來稿刊出，其實對這首朦朧的「寓言詩」究竟要傳達甚麼，不甚了了，只好在長詩刊出後請詩評家黃維樑（1947-）幫忙解詩。黃維樑寫了〈不想再猜下去了——讀鍾偉民的《春天》〉一文，評說〈春天〉「晦澀難懂」[1]，連帶貶抑鍾偉民另一首只有二十九行的「短」詩〈蝴蝶結〉：

> 超現實的詩，往往晦澀；晦澀則不一定與超現實有關。鍾偉民晦澀詩風的另一個成因，是他作品中人物的身份撲朔迷離，人稱混亂。〈春天〉屬前者——身份迷離；意象詭麗的〈蝴蝶結〉則屬後者——迷離而人稱混亂。[2]

---

1 黃維樑說：「他的很多首詩，都晦澀難懂。〈春天（寓言詩）〉就是例子。」見黃維樑：《香港文學初探》（香港：華漢文化事業公司，1985），頁 134。

2 見注 1，頁 137。

　　有趣的是，與黃維樑文學觀接近、經常互相唱和、被外界視為同一團夥的黃國彬（1946- ），[3] 在不同場合、談詩的文章中，一再稱許〈蝴蝶結〉。他在〈香港詩壇的新焦點——序《香港青年作者協會文集——紀念成立作品選》新詩部分〉中說：「大致說來，〈蝴蝶結——給祝頤〉是首深婉耐讀的情詩；但開頭一段，想人之未想，感性和知性交融，已接近靈視境界……這段文字，戛戛獨造，有哲學的睿智存焉，卻比哲學更具體深刻，真不像二十歲上下的詩人所寫。」[4] 值得注意的是，「靈視」是黃國彬心目中詩歌的最高境界，臻此境界的作品，才能稱為「偉大」，而寫此作品的詩人，「已在永恆裏轟然屹立」；[5] 說〈蝴蝶結〉接近靈視境界，是極高的評價。

　　這篇序寫於一九八三年六月二十三日，一個多月後，黃國彬撰文更詳細賞析〈蝴蝶結〉。這一年八月十至十五日，香港市政局公共圖書館舉辦第五屆中文文學週，黃國彬應邀在這個活動的第四大作專題演講，題目是「香港的新詩」。演講的後半部，黃國彬介紹香港四位年輕詩人，並選析他們的作品：胡燕青（1954- ）的〈海潮〉、曹捷（陶傑，1958- ）

3　黃維樑甚至公開宣稱他們是「余群、余派、沙田幫」，更說「沙田幫」可以是余光中、梁錫華、黃國彬和他四人，「而戲謔地稱為『沙田四人幫』」。見黃維樑：〈余群、余派、沙田幫……——沙田文學略說〉，載黃曼君、黃永林主編：《火浴的鳳凰　恆在的繆斯——余光中暨香港沙田文學國際學術研討會論文集》（武漢：湖北人民出版社，2002），頁 17。

4　此文收入黃國彬：《文學的欣賞》（台北：遠東圖書公司，1986），頁 219-220。

5　黃國彬：〈論偉大〉，見《文學的欣賞》，頁 30-31。

的〈白鷗小唱〉、陳德錦（1958- ）的〈讀里爾克情歌三章〉及鍾偉民的〈蝴蝶結〉。這四位年輕詩人，由於余光中（1928-2017）、黃國彬一再稱讚，在八十年代初的香港詩壇，鋒芒畢露。從黃國彬在賞析上述四首詩時所用的措辭看，顯然，他最欣賞的，還是鍾偉民的〈蝴蝶結〉。他對胡、曹、陳三人的詩作，雖多稱譽，但主要還是就單篇作品而言；而對鍾作，則敢於與其他「新詩作者」以至「中國的新詩」、「自有新詩以來」互相參照，而得出「罕見」、「實不多見」、「罕有」、「恐怕沒有多少人可以到達」的結論：

> 鍾偉民寫死亡時流露的才情，在新詩作者中是罕見的。在〈蝴蝶結──給祝頤〉裏，他把死亡的境界寫得具體而逼真，透視之深，自有新詩以來，恐怕沒有多少人可以到達。……中國的新詩中，起結和發展如此拔俗，而情調又如此淒美的，實不多見。至於構思能像作者那麼超凡，把戲劇安排在陰陽界的舞台上演，寫纏綿悱惻的愛情而能觸及生命的深沉層次的，就更加罕有了。[6]

一九八四年一月二十三日，《文藝》雜誌舉辦「文藝座談會」，題目是「宗教與文學中的死亡主題」，出席座談的學者有張曉風（1941- ）、陳炳良（1935-2017）、袁鶴翔、余達心、黃國彬和文蘭芳。黃國彬談到八十年代的死亡詩時，仍舉鍾偉民的〈蝴蝶結〉為例，稱讚此詩：「視境很難得，頗像但丁

6　黃國彬：〈香港的新詩〉，載《文學的欣賞》，頁263-264。

描寫地獄的某些片段。」[7]

　　黃維樑一直高舉「明朗而耐讀」的新詩欣賞大旗，[8]他的心理定勢基本上是「太陽神式」的，喜歡「陽光普照」的詩作，因而對鍾偉民暗夜般幽玄朦朧的詩境，少有感應，而多所抗拒；黃國彬神迷於但丁（Dante Alighieri, 1265-1321）的《神曲》，長年累月沉浸其中，隨但丁穿越地獄、煉獄，飛升天堂，對於地府的幽昧詭秘、天堂的璀璨聖光，都有極強的感應，更一直追求以靈視開啟聖光之境，也就是他鎖定的詩歌的最高境界；鍾偉民雖未能偶開天眼睹聖光，卻能偶開陰眼覷幽冥，把陰界寫得詭秘幽奇，如在目前，直逼靈視之境，契合了黃國彬的心理定勢，因而備受讚賞。

　　黃維樑說「鍾偉民的很多詩，實在難懂得近乎折磨人」[9]，又說「鍾偉民可能是天生的隱晦詩人，數年如一日。他連散文也寫得彷兮彿兮，煙霧迷漫」[10]，這就牽涉「隱晦」與詩人審美心理結構的關係，值得注意。在我未正式討論〈蝴蝶結〉之前，我想翻出鍾偉民初登詩壇、長四百行的詩作〈火歌〉，由〈火歌〉入手，探討鍾偉民詩歌的一些特點，在此基礎上

7　見《文藝》季刊第 9 期的座談紀錄（1984 年 3 月），頁 49。

8　如黃維樑說：「最好的詩，是明朗而耐讀的。」見《香港文學初探》，頁 136。又說：「好的詩貴在耐讀，但耐讀不必與明朗互相排斥，就好像美貌與智慧可以並存一樣。」見〈八十年代的香港詩壇〉一文，載《香港文學》2 期（1985 年 2 月 5 日），頁 47。黃維樑標舉「明朗而耐讀」，早見於余光中〈論明朗〉一文，余氏說：「我所謂的『明朗』正是兼具『可解』與『耐讀』這兩種特質的優點。」見余光中：《掌上雨》（台北：大林出版社，1977），頁 20。

9　見注 1，頁 136。

10　見注 1，頁 136。

分析〈蝴蝶結〉。雖然,鍾偉民絕不喜歡讀者(或評者)重提這首被他摒除於任何個人詩集、也沒有多少人記得的少作。而我重提〈火歌〉,是因為鍾偉民日後詩歌的諸種特點,大部分都可以在此找到「源頭」;也就是說,這首詩內蘊鍾偉民不少「天生」的東西。

二、鍾偉民的天賦詩才:從〈火歌〉說起

〈火歌〉獲第六屆青年文學獎新詩初級組季軍,寫此詩時,鍾偉民十七歲,小時喜逃學的他,此時在碼頭當搬運工人,晚上讀夜中學(也常常逃課),閒時閱讀余光中、瘂弦(王慶麟,1932-)、鄭愁予(鄭文韜,1933-)的詩集,[11] 尚未感知香港詩壇的各種風向。換言之,創作〈火歌〉時,鍾偉民處於「自在型」的創作狀態,不大意識詩要怎樣寫才寫得好或好詩的標準,藝術轉化更多地依憑平日所讀詩歌所散發的氣息、通過讀詩不自覺吸收的營養,以及個人的創作心理特質——一出手就是四百行的長詩,意象紛繁,充滿超現實色彩,這樣的「容量」,與其說是作者野心甚大,刻意運用超現實技法;我更願意相信,是緣於詩人「太陽神式」和「酒神式」的創作心理都極為強烈——一方面,他「心裏所想像底意像與感官從外物所攝取底意象一樣生動,固定,明

11　王良和:〈靈視境界,幽玄淒美——與鍾偉民談他的詩〉,載王良和:《打開詩窗——香港詩人對談》(香港:匯智出版有限公司,2008),頁 247。

顯。離開具體底意像……就幾乎不能運用思想」[12]；另一方面，他「嘗在沉醉底狀態中，如瘋如狂地投在生命的狂瀾中隨着它旋轉，想於不斷底變化中忘去生命的苦惱」[13]，這種創作心理一直如汛流，洶湧推動詩歌流動，不大受理性、邏輯的制約，而詩人，沉醉於自我內在的心象中「狂歡舞蹈」。這兩種力量常在鍾偉民的創作意識中角力，他的內視世界中的意象生動鮮明，卻常以密集、超現實的姿態在詩中不斷閃現，難以借外在世界的明晰、秩序加以制約，而他所見的再造形象，更多是潛意識中的夢境、異象。此一思維特點，使鍾偉民成為「詩的鍾偉民」，同時成就了「鍾偉民的詩」，打下鮮明的烙印。

〈火歌〉開首有一段援引德國悲觀哲學家叔本華（Arthur Schopenhauer, 1788-1860）之語的題辭：

> 當戀愛達到更深一層的階段，人的思想不但非常詩化和帶着崇高的色彩，而且，也具有超絕的，超自然的傾向……看起來完全脫離人類本來的，形而下的目的。[14]

12　見朱光潛：〈詩的難與易〉，載《詩論新編》（台北：洪範書店，1982），頁 14。朱光潛在文中說，這種類型近似尼采所說的「亞波羅底精神」（Apollonian spirit），見頁 15。

13　見朱光潛：〈詩的難與易〉，載《詩論新編》，頁 15。朱光潛在文中說，這種類型近似尼采所說的「達奧尼蘇司底精神」（Dionysian spirit）。

14　見《第六屆青年文學獎文集》（香港：第六屆青年文學獎籌備委員會，1980），頁 118。

這段文字成為全詩馳騁超現實想像的有形雙翅,其實作者本身自具「飛翔」本能。但顯然,鍾偉民很早就意識叔本華的理論,意識到愛情、詩化、崇高、超自然可作這樣的聯繫,並且以此作為開展這首詩的理論基礎;也許這可以為喜歡以理論論詩的評者,找到剖析〈蝴蝶結〉和鍾偉民芸芸超現實情詩的切入點。

〈火歌〉寫一個十七歲、「撕千重門如撕一部香脆校規」的反叛青年,對人生的路途、對生死敏感,又處於情慾躁動的青春期,充滿對異性的渴慕,乃釋放想像,縱詩心飛翔,穿梭太空,走入地府,目睹種種異象,既沉醉於與古典、明艷的美人對飲,又駭然於地府的狼藉刑具、烹鬼炊煙。如此上窮碧落下黃泉,愛情與生死輪迴的「夢境」,終醒於白日的二十世紀、十七歲。

〈火歌〉首句「余光中『四月很忙』」,以余光中開首,詩後的九個注釋,三個指向余光中的詩句,其餘和徐志摩(1897-1931)、叔本華、希臘神話、歌德(Johann Wolfgang von Goethe, 1749-1832)相關。這些注釋,某程度上可作為重組此詩創作靈感的板塊。基本上,此詩以叔本華之語為骨架,以但丁《神曲》之遊地獄、飛升天宇,以及歌德《浮士德》向魔鬼出賣靈魂等想像作肌肉,又以余光中〈天狼星〉若干詩句、聯想,作為斷斷續續彌縫骨肉的針線,而個人的審美心理結構則是詩中的「生氣」。有意味的是,儘管鍾偉民明示此詩與余光中詩句的關係,但不像陳德錦、曹捷、胡燕青某些詩呈顯強烈的「余風」;相反,此詩除了「回去,乘下一班列車/招手,向一排積雲」、「明天,就焚《廿四史》當

燈」，明顯脫胎自余光中〈天狼星〉「我很冷，很想乘末班的晚霞回去／焚厚厚的廿四史，取一點暖」[15] 等的小模小仿外，詩的節奏、氣韻、格調，和余光中的詩作不大相似；而鍾偉民以後的詩，語言風格基本上是〈火歌〉的延續，有所純化，[16] 卻沒有太大的變化。

〈火歌〉描寫「我」在太空飛翔，並沒有看見，甚至意識到上帝和聖光——心中無神，對此缺乏感應；倒是心中有「她」，星與星的名字，也引發對女性的聯想：「當光華艷異的處女／纖指按落天琴閃耀的黑鍵／軟綿綿的夜曲，催我入寐」。〈火歌〉在篇幅上，分配最多而又寫得最深刻的，是死亡世界的異象，逾二百行，足見作者感受之深，下面的句子，便頗像靈異電影：

> 電光火石之間逼近
> 一燦十字形怪星向我陳呈
> 燒着燐火
> 覆着殮布
> 一個墓場，安撫所有情死
> 從一破孔，我窺見了神聖

---

15 余光中：《天狼星》（台北：洪範書店，1976），頁 41。

16 鍾偉民自言個人的文字修為，是加入《明報》工作後，向查良鏞、董橋偷師，以及努力磨練得來的。他說：「我以前上班的報館，就是『學校』，在那裏，我遇上查良鏞和董橋等『老師』，而且，還是真正的『名師』，得到點撥，通過『偷師』，『較高的文字運用能力』，就逐漸形成；當然，『更高的文字運用能力』，還得自己磨練，今天，明天，我都在磨練。」引自王良和：〈靈視境界，幽玄淒美——與鍾偉民談他的詩〉，載王良和：《打開詩窗——香港詩人對談》，頁 246。

　　鍾偉民對死亡有超度的敏感，想像世界中的死亡視景，往往異常鮮活、逼真、深刻，有如天啟，其靈視之目，一般詩人難以憑後天的功力強為提煉——〈火歌〉已露端倪，後來衍生〈霧海螺〉、〈乘車〉、〈蝴蝶結〉、〈宴饗之樂〉、〈梆聲〉等寫死亡的佳作。而鍾偉民對異性的思慕，對愛情的騷動與敏感，又常激發種種超現實的想像，而他傾向古典美的審美心理結構，在情詩中最為彰顯——他常把愛情的場景擬想為古代的宮廷、人世間的劇場和舞台，用古典色彩的美辭佈景、天女散花般撒散意象，書寫對戀愛的想望、迷惘、離合與失落——〈火歌〉已露端倪，後來衍生〈思美人〉、〈無言語〉、〈妹妹〉、〈東北〉、〈凝視〉等詩。

　　〈火歌〉得獎，余光中等評判特別要鍾偉民「擺脫過繁的語言和艱奧的意象」[17]，此詩發表後，被陳德錦貶為「詩句患了消化不良病……又覺作者患了精神病」[18]，並被君平（鄧偉權，1960- ）狠批為「充滿夢囈、自嘲與自戕的口氣」[19]。到了這個時候，鍾偉民已感知外界（起碼是香港的詩論界）對詩的某些要求。一九八二年九月，香港青年作者協會（以下簡稱「青作協」）成立，初期的會址在灣仔青文書屋樓上，會

17　余光中：〈青青桂冠——新詩評後感〉，載《第七屆青年文學獎文集》（香港：第七屆青年文學獎籌委會，1981），頁 124。又見王良和主編：《鍾偉民新詩評論集》（香港：青文書屋，2003），頁 16。

18　陳德錦：〈評第六屆青年文學獎詩組得獎作品〉，載《香港文學》3 期（1979 年 11 月），頁 35。又見《鍾偉民新詩評論集》，頁 11。

19　君平：〈從生活出發？從概念出發？——青年文學獎意義的再反省〉，載《新綠》3 期（1979 年 12 月），頁 62。又見《鍾偉民新詩評論集》，頁 15。

員百餘人，包括鍾偉民、陳德錦、唐大江（1958-）、陳錦昌（陳汗，1958-）、王良和（1963-）、陳昌敏（1952-）等經常在會址見面的年輕詩人。其時，余光中、黃國彬因經常擔任青年文學獎詩組評判，在評詩、談詩、選詩時不斷釋放個人的詩觀、品味，影響所及，「唐詩宋詞傳統翻身，意象論大行其道」[20]，尤其講究意象間的呼應與黏合。舉個例子，余光中處理意象往往離不開套式比喻，總是確立中心意象後，由相關的從屬意象帶引，開展全詩，而新穎的意象和比喻，能激發讀者的審美情趣。例如〈秋興〉開首：

> 白露為封面，清霜作扉頁
> 秋是一冊成熟的詩選
> 翻動時滿是瓜香和果香
> 又月滿中秋，菊滿重陽
> 炒栗子和螃蟹新肥的引誘[21]

這幾行詩，以「書」作為中心意象，「秋興」即可閱讀。因而「封面」、「扉頁」對舉，都離不開「書」的屬性。第二行緊承第一行的意象，煉出數量詞「一冊」，又引出「詩選」之喻。第三行由「一冊……詩選」衍生「翻動」這個動詞；「瓜香」、「果香」，則又回扣前一行的「秋」與「成熟」，總之是在一整套的比喻關係中開展詩人的美感想像。

---

20 陳錦昌：〈快哉此風——「余光中事件」內部參考材料〉，載鍾玲主編：《與永恆對壘》（台北：九歌出版社，1998），頁127。此文以「陳汗」的筆名發表。

21 余光中：《與永恆拔河》（台北：洪範書店，1979），頁57。

　　鍾偉民的詩，常發表於黃國彬、羈魂（胡國賢，1946- ）
主編的《詩風》、陳德錦主編的《新穗詩刊》、香港青年作者
協會的刊物《香港文藝》。《詩風》推崇余光中不遺餘力，余
光中、黃國彬又是香港青年作者協會的顧問，而第一屆青作
協會長陳錦昌是余光中的學生、第二屆會長陳德錦曾參加余
光中為導師的新詩創作班，獲第五屆青年文學獎高級組冠軍
的詩作〈樂與怒〉更被評判余光中盛讚，諸種原因，某些人
於是把青作協視為「余派基地」，而青作協的核心成員，像
陳德錦、陳錦昌、王良和等，更一度被人歸入「余派」。[22] 鍾
偉民初出道，呼吸到的，主要是香港詩壇當年為余光中所主
導的一股文藝風氣，而他與上述青作協的核心成員談詩，彼
此往往聚焦於意象的運用。

　　黃維樑鼓吹「明朗而耐讀」，余光中、黃國彬大談意
象，重視詩的結構和推展，走的也是平易、明朗之途。鍾
偉民在這股文藝風氣中，並非沒有受到影響，他像余光中等
作家，極度重視文字的清通、雅正，在詩中全力經營意象，
部分詩作，像〈捕鯨人〉，能做到語言放鬆，有一定的「疏氣
位」；但更多詩作，仍然有不同程度的朦朧，甚至晦澀。據
我的觀察，這股講究理性燭照、明朗平易的文藝風氣，其實
一直制約着鍾偉民更為內在的、汛流式想像的思維特質；有
時「陽光」透進創作意識多些，他可以把「暗室」的東西擺放
得更有條理，更見秩序，否則更多地憑直覺、自我的意識建
構暗室的一切。

22　關於「余派」的討論，可參看胡燕青：〈余派以外── 一些回顧，一
　　些感覺〉，載《香港文藝》6 期（1985 年 12 月），頁 35-41。

　　説了這麼多,我想指出,一首詩的誕生,其實涉及種種文本以外的背景和訊息,更離不開詩人的審美心理原型。錢鍾書(1910-1998)這樣論述創作風氣:

> 我們要了解和評判一個作者,也該知道他那時代對於他那一類作品的意見,這些意見就是後世文藝批評史的材料,也是當時一種文藝風氣的表示。一個藝術家總在某些社會條件下創作,也總在某種文藝風氣裏創作。這個風氣影響到他對題材、體裁、風格的去取,給予他以機會,同時也限制了他的範圍。⋯⋯所以,風氣是創作裏的潛勢力,是作品的背景,而從作品本身不一定看得清楚。[23]

朱光潛則(1897-1986)這樣論述創作心理:

> 這裏所舉底當然是兩極端的例。我們一般人大半徘徊於這兩極端之中,有人偏向造型類,有人偏向汎流類。就詩的創造和欣賞説,前一類人常要求明白清楚,要求斬釘截鐵底輪廓與顯明底意像,後一類人常要求迷離隱約,想抓住不能用理智捉摸底飄忽渺茫底意境和情調,要求不甚明顯固定而富於暗示性底意像和音節。[24]

有了上述的討論,我們可以知道,經常逃課、在碼頭當搬運

23　錢鍾書:〈中國詩與中國畫〉,載《七綴集》(香港:天地圖書有限公司,1990),頁 2-3。

24　《詩論新編》,頁 16。

工人的鍾偉民，如何憑着極高的天賦進身香港詩壇，成為八十年代初最耀目的新星；也可以知道他在一種怎樣的文藝風氣裏創作，而這股文藝風氣又如何「予他以機會」，造就這位當年的「天之驕子」。我甚至想，如果沒有這股文藝風氣，鍾偉民能否在彼時冒出頭來？甚至，香港詩壇會不會有鍾偉民和那些轟動一時的名作？又如果，鍾偉民的創作心理原型不是酒神式與太陽神式的相互促成又彼此制約，而他又能偶開陰眼覷幽冥，〈蝴蝶結〉會不會在他的筆下誕生？

七十年代後期，鍾偉民步入詩壇，及後受查良鏞（金庸，1924-2018）賞識，受聘於《明報月刊》、《明報》，並與不同的詩人、作家、文化界人士交往，他粗野的一面，逐步被纖麗的詩情、人文化的修養稀釋，或曰壓抑；情慾的躁動轉化為對更唯美、更精巧、更典麗、更富文人色彩的愛情書寫。他這類情詩，不少過於雕琢，麗而浮，予人文勝於質之感；但面對死亡，鍾偉民的意識往往變得凝重，思慮變得深沉，感受變得尖銳，在死亡中思索、細味愛情的詩作，以重御輕，沉向幽深之境。至此，我們大概已有這樣的心理預備，〈蝴蝶結〉聯結死亡與愛情，而死亡與愛情，正是鍾偉民最為敏感、創作內驅力最為強烈、最有可能開啟靈視的題材。

三、很靜很黑的渡頭：陰陽生死的交界

〈蝴蝶結〉寫於一九八一年十月，其時香港青年作者協會如火如荼籌備成立，鍾偉民經常與青作協的詩友相聚，談

詩論文，互相激勵，對個人的創作充滿激情、自信。這一年九月，他完成了九百多行、轟動香港詩壇的力作〈捕鯨之旅〉，一個月後，〈蝴蝶結〉誕生。才出道三、四年，鍾偉民便處於創作生命的巔峰。

〈蝴蝶結〉的開局與發展，頗困擾讀者：究竟敍述者「我」，是以生者還是死者的口脗敍述？——

> 對於死去的人，我總感到
> 他們是到了一處很靜很黑的渡頭
> 水紋不動一動，便朝上下八方航去
> 只留下送別的人，如野鶴埋首水月
> 啄起月瓣和自己的淚花

詩的第一句，其實已把「死去的人」對象化，成為「我」（主體）感受、想像的客體。儘管詩中沒有標示陰、陽的用語，但死去的人在陰間，意味處於相對位置的「我」，其實在陽間，也就是生者在想像死者和死後的世界。想像的開展，建基於觀察、體驗、認知，古人離開家鄉、某地，往往在渡頭乘船，此一經驗，容易讓人把離開此岸到彼岸的過程，想像為由生到死的過渡。英國詩人坦尼生（Alfred Tennyson, 1809-1892）的〈過沙渚〉（Crossing the Bar），以離岸遠渡重洋象徵赴死，並設想會得見上帝（Pilot），便是一例。鍾偉民在詩的開端，先從聽覺（靜）、視覺（黑）佈置陰陽生死交界的場景——渡頭，烘染氣氛。「靜」是抽象的形容，緊接的描寫卻是可怕的具體。「水紋不動一動」，以此托出絕對的靜，但水而曰紋，意味此水曾動，只是此刻不動或突然凝

止，讀者視覺畫面中的水大概不是波平如鏡，而是曲折凝定。「不動一動」蓄勢，「便」字一發，竟是極速之「動」：「朝上下八方航去」；讀者回過神來，才驚覺「水紋不動一動」，更可理解為死者赴死之速，連水紋都未及一動。如此寫死亡的一刻，「魂飛魄散」的迅疾「體驗」，真是驚心動魄。「航」暗示船，為第二節的「舟」作伏，而「舟」在這一節未在讀者眼前「魅現」，死者卻已朝上下八方航去，其實暗寫死神之舟「來」、「去」之不容一瞬，同樣在寫生命閃逝之速。

《捕鯨之旅》「蝴蝶結」插圖

《捕鯨之旅》封面

極速之動後，畫面變成影像緩慢移動的特寫鏡頭——詩人不直寫送別的人留在渡頭，低首，不捨，依依垂淚，卻進一步利用比喻繪畫陰陽交界之處既古野荒寂，又如夢如幻的畫意，不作任何說明。「只留下」，「如野鶴」；「送別的人」，「埋首水月」，相應而不相對，音節靈動和諧。「月瓣」的「瓣」和「淚花」的「花」相黏，正是余光中個人，以至八十年代初不少香港詩人追求意象統一的典型技法。「水月」的意象，讓人聯想到佛家以「鏡花水月」喻人生的夢幻泡影，因有此指涉，此一淒美意象便具有哲理的深度，並非沒有內涵的裝飾。

鍾偉民對「水月」的意象一直迷戀不已，並常以之書寫死亡，和〈蝴蝶結〉同於八一年十月完成的〈水月殤〉，便以水月為主要意象，悼念在長沙海灘溺斃的摯友滿華。水，容易引起鍾偉民對死的聯想，大概因為他「犯水厄」：

> 小時居澳，外祖父母最愛到「睡佛」去求籤，「睡佛廟」在哪裏，不必深究，但求籤，求出了我「犯水厄」，讓這個睡佛一嚇，我到今天，都怕水；……那天，幾個男孩約好了去露營，我有事，去不了，晚上，滿華就讓一個大浪捲走；我本來要犯的「水厄」，竟然應在朋友身上，……。[25]

詩的第二節，出現了由人倫關係構成的動人畫面：

25　王良和：〈靈視境界，幽玄淒美——與鍾偉民談他的詩〉，載王良和：《打開詩窗——香港詩人對談》，頁 244、261。

> 但在舟中的遊子眼裏，他會
>
> 看到搭渡先辭的父，岸上的子
>
> 水畔濯衣的妊娠婦，抑或
>
> 輕垂如髮的黑霧上，兩盞
>
> 因淚水而翛然一亮的小橘燈

這節詩中，「我」隱藏了，但讀者從「會」的用詞，仍可感知是第一節的「我」在設想一個已登船赴死的「遊子」（他），於離「岸」後可能看到的人、感到的情。至此，「我」對死亡的想像越發深入，與所感到的死亡世界，距離更近；從另一角度看，「他」甚至是「我」的分裂，是「我」拉遠距離，設想「我」死去的一刻所看到的異象。這一節承第一節「水紋不動一動，便朝上下八方航去」，船速好像忽然慢下來，讓「他」可以瞻前顧後，凝神細看，而讀者的臨場感大增。

從「遊子」的用詞，可見「他」以「岸」（陽界）為家；不像某些教徒，視死為歸返真正的家——天國，反而視降世為人有如離家外遊。詩中遊子的這種心向，注定他要承受割斷、離散的傷痛。陽界未遠離，陰間正趨赴，鍾偉民緊抓這一想像，為讀者打開了倫常親情的奇異視境。這時，他會看到早逝的父親，看到還在人間（岸上）的兒子，更在「死」中看見「生」（妊娠婦）。但他的意識，顯然更集中於一個女子身上，「輕垂如髮的黑霧上，兩盞/因淚水而翛然一亮的小橘燈」，因為心中有她，是以把黑霧想像成她的長髮，把霧中的小橘燈想像為她的淚光一閃。鍾偉民超現實的想像，有

時會把數種事物接合為一，密度極大，不易消化。這裏把黑霧與頭髮，淚光與燈光疊合，景中有人，人中有景，在統一的意象、情調、氣氛中展示超現實的影像，極富電影感。這一節詩，包含了父子、爺孫三代人，母與子，以至暗藏的情侶，可見「他」在死去的一刻，戀戀不捨的，始終是人，牽繫着人倫關係構成的各種情。而「輕垂如髮」兩句，為後面聚焦於寫這段愛情，作了很好的鋪墊、過渡。

四、鶴喙上的毛蟲：超然的空間視角

> 而霧起了，送別的人沒回頭
> 卻反朝更黑的渡頭逼近
> 我踮着腳跟，在人群中回顧
> 「你是不會來了，頤，我知道
> 你是不會來了……」
>
> 可是我翹首踮足，卻驚瞰
> 人群隱隱，像濕冷的鶴喙上
> 一長串前蠕的毛蟲，滿馱美夢

第三節「而霧起了」承前節「黑霧」而來，語調看似從容平緩，實則緊張悽惻，如此景象，預示死神之船臨近，快要登船；「我」因而急切回顧，希望能看到前來送別的情人。此詩從第一節「我」把死去的人對象化，想像他們死後的去向，再收窄到設想一個舟中遊子的所見所感，發展到這一

節，更完全代入，成為故事中的一個死者；讀者其實不難感知在想像的體驗中，「我」由「生」到「死」的發展、移入過程──敍述者與被敍述人的距離逐步縮窄，終至同一，變成講述自己的經歷，此詩也因而具備了劇情：在芸芸擠在渡頭候船赴死的人群中，有一個人不斷回望，焦急地等待情人送別。「頤」回應此詩的副題「給祝頤」，讀者因此知道「我」正等待一個叫祝頤的女子。

第四節，一般人可能會覺得視境不合理，人群中的「我」受到所處空間、視角的限制，無論如何翹首踮足，都不可能像天空中的鷹，看見渡頭上的人群如前蠕的毛蟲。但撇開文學上不斷推陳出新、打破常規的技法不說，此詩最大的說服力，是「我」乃處於陰陽生死交界的人（或鬼？），空間、時間對他已無限制，因而得見超乎現實的種種異象。王國維說：「偶開天眼覷紅塵，可憐身是眼中人」（〈浣溪沙〉）；鍾偉民這類死亡詩的秘密，在於他總能偶開天眼或陰眼，把自我從人間或下界抽離，拉闊空間，深情凝視包括自己在內的，芸芸眾生在其中死生聚散的塵世。才二十歲的鍾偉民，卻像七、八十歲飽歷滄桑變幻、歷劫輪迴的老人，在既熱且冷的目光底下，深蘊着對人生、世界、生死複雜的感覺，而鍾偉民又能將之物化變形，找到極具表現力的意象，構成鮮明而獨特的視景，讓讀者反覆細味，只覺一言難盡，意境深遠。這裏鶴喙上的毛蟲，滿馱美夢的想像便是一例。相信讀者如我，讀到這幾句詩，既「驚瞶」亦「驚悟」──生命渺小，生死一瞬，如夢如幻。

五、陰陽二蟲：生命與愛情的蛻變

> 直到野鶴低頭，我被莫名擠到水中
> 那時黑霧必將四散如繭
> 如果你來了，我所失去的
> 且把淒美而不可解的笑容如落葉飄下
> 在水中月上把我承載
> 頤，我一定會看到盪漾的同心圓
> 看到繭絲編成的纜索，在你髮上
> 柔柔縛着美麗的蝴蝶
>
> 在那生生死死夢夢醒醒的夜晚
> 月迷津渡，我再不會
> 解下那蝴蝶結走了……

第五節是全詩的高潮，因為發生了戲劇性的意外，「我」被擠到水中，無論是詩裏人，還是「犯水厄」的鍾偉民，都可能後果嚴重。「野鶴低頭」，因有兩條線可以聯結，比較難解。如果遠應第一節「野鶴埋首水月」，應指人低頭，但這樣詮釋難以接上為何「我」會被莫名擠到水中。如果近應「濕冷的鶴喙」，即以鶴喙喻渡頭，則「野鶴低頭」可理解為渡頭因人群過於擁擠而塌下，這樣一傾，「我」便被擠到水中；如此詮釋，說得過去，但不大有詩意，也缺乏美感，而美，鍾偉民至為執着。還是從鶴與中國文化的關係，以及超現實的畫面入手去理解這些詩句吧。中國人自古愛鶴，喜其姿態優美，而鶴之引頸欲飛，又令人聯想到超脫塵世，騰飛成仙。

是以戰國以來，不少墓葬帛畫，都畫下昂首仰天之鶴，深信鶴能引魂升天。後世的文學作品，如《拾遺記》、《列仙傳》、《述異記》等，又寫到仙人駕鶴高翔，往返於仙界凡間，鶴仙又衍生長壽的聯想。於是，輾轉變化、神話化，自然界的「生物之鶴」，就成了沉澱着中國人觀鶴意識的「文化之鶴」，其中鶴化、騎鶴歸西、駕鶴仙遊，更成了死亡的委婉語。鍾偉民以鶴作為這首死亡詩的主體意象，和騎鶴歸西的文化意識顯然有關。一方面，他把陰陽生死的場景設想為渡頭、水月、黑霧的統一畫面；另一方面，他同時又把渡頭上赴死的人擬想為鶴喙上的毛蟲，正待騎鶴歸天的統一畫面。於是，所謂渡頭，同時是鶴喙，鶴在視覺上的形象變得十分巨大。兩個分別統一的視境、畫面疊合，頓時變得異常超現實，豐富而立體，在讀者眼前詭秘地閃現。從這個角度理解，野鶴低頭，是詩人想像世界中能把亡魂引飛天上的野鶴的一次低頭動作，這一動，卻同時引發詩人想像世界中的「我」在渡頭上「被莫名地擠到水中」的一次意外。這是鍾偉民超現實詩歌的另一秘密，讀者閱讀這類詩，不妨像看德國畫家馬克斯・恩斯特（Max Ernst, 1891-1976）一九二一年的畫作《鳥婦》〔The Word（Woman Bird）〕的多面拼合，而屬於酒神式閱讀心理的讀者，相信較容易感受、理解、再創造鍾偉民的超現實詩境。

　　第五節詩還有一句比較費解：「那時黑霧必將四散如繭」，這是個奇怪的比喻。黑霧之黑與繭之白在顏色上相反，輕濕、氣態的霧與橢圓、固體的繭在形態上和性質上也難以聯繫。「繭」的出現，最大的原因是出於技法上的需要。

前文說過，七十年代後期、八十年代初，余光中擔任青年文學獎評判，個人的詩觀強勢地滲入了文學獎的評選標準，加上黃國彬、黃維樑互相唱和，詩壇瀰漫着追逐新穎意象、作隱喻更新的風氣，尤其講究前後承轉、統一的套式比喻，很多年輕詩人都受到影響。[26]〈蝴蝶結〉的後半，其實有一陽一陰二蟲在作生命與愛情的蛻變，演示了這種技法。明顯的，是「毛蟲」之變成「蝴蝶」，蛹的階段在詩中沒有顯露；暗藏的，則是一直沒有現身的蠶蟲，在想像上，把「黑霧四散」喻為「繭」，可順勢推出後面的「繭絲」之喻。然而，我們如何理解「黑霧必將四散如繭」的想像呢？是指黑霧必將四散，中空處逐漸現出如繭之白的視境？是指黑霧必將抽絲剝繭般四散？還是指黑霧必將四散，霧在變化，而「我」失去的生命與愛情將吐出最後的柔絲，自我纏結成繭，等待蛻變？對於這樣的無理之喻，很難強解，有如後面的詩句、祝頤的笑容：「淒美而不可解」，只能從技法上留下的痕跡來推敲此「繭」出現的原因。

六、繭絲編成的纜索：愛情的拯救力量

「我」失陷水中，雖是赴死之人，讀者仍不免感到情勢危急；詩人倒是痴纏，在此險境，竟能於苦情中吐出甜言：如果你來了，對我笑一笑，那淒美而不可解的笑容，就能如落

26　參看王良和：〈青年文學獎與「余派」之說〉，載《中文學刊》4 期（2005 年 12 月），頁 319-357。

葉飄到幻夢般的水月上，把我承載；在圈圈盪開的漣漣同心
圓間，奇跡地，我手上忽然生出繭絲編成的纜索，繫在你的
髮上，柔柔縛着美麗的蝴蝶。有了此一情絲（思）使我與你
相繫，與你結髮，我，將不會沉陷水中，或隨水漂走。秘響
旁通，我們會聽到李商隱（約 813- 約 858）「春蠶到死絲方盡」
（〈無題〉）的聲音，更會因祝頤姓「祝」，而想到梁山伯與祝
英台死後雙雙化成蝴蝶的愛情故事。複雜的意象運作至此，
穿上了象徵層：愛情具有拯救的力量，甚至能阻擋死亡！

　　一連串生死、夢幻的意象作了極為美妙的演出後，最
後一節，水到渠成吐說「在那生生死死夢夢醒醒的夜晚」，
八個疊字，似斷似連，節奏迷人。接着，鍾偉民巧妙地把秦
觀（1049-1100）〈踏莎行〉「霧失樓台，月迷津渡」的詞句，
裁下後半，嵌入自己的詩中，無論是詞質、詞色、詞調、詞
境，都能與上文下理渾然一體，具見深厚的鎔鑄功力。千
古迷離的月色，依舊在夜空之上，逝水之下，如夢如幻地映
照；渡頭依舊，「我」已非原來之「我」，有一種力量使「我」
朝向「你」和「你」所在的人間。

　　在中國文學裏，「蝶」象徵戀愛、出死入生。宋代《太平
寰宇記‧河南道十四‧濟州》「韓憑冢」引晉干寶《搜神記》：
「宋大夫韓憑取妻美，宋康王奪之，憑怨王，自殺；妻陰腐
其衣，與王登台，自投台下，左右攬之，著手化為蝶。」[27]
增添了《搜神記‧韓憑夫婦》本無的化蝶情節，影響了後世

27　樂史：《太平寰宇記》，「中國哲學書電子化計劃」：https://ctext.org/
　　wiki.pl?if=gb&chapter=567634，瀏覽日期：2019 年 7 月 6 日。

「梁祝」的愛情故事「出死入生」的化蝶想像。〈蝴蝶結〉的文辭、節奏、情調，甚至象徵系統，均富中國色彩；走古典路線而能化古為新，熔愛情、生死、愛情與生命的蛻變於一爐，直達靈視境界，真是不可多得的傑作。

七、詩歌背景的外緣資料：從「祝頤」到「賀頤」

初讀〈蝴蝶結〉，以為是悼亡的情詩，多讀幾遍，慢慢發覺「死」只是黑霧，或者說是煙幕，骨子其實在示愛。《詩經》〈關雎〉裏的男子，對於某位窈窕淑女，寤寐求之，「求之不得，寤寐思服，悠哉悠哉，輾轉反側」；大概相戀或單戀，會讓某些人睡不安穩之外，也會讓某些人有處於陰陽生死的邊界，「唔生唔死」之感。如此說來，〈蝴蝶結〉的死生之思，不一定是煙幕或包裝，而是感受極為深刻之故。

鍾偉民在《捕鯨之旅》的代序〈阿墨與獨眼〉中，戴上了戲劇面具，用詩化的筆觸，隱約地講述他與兩個女子的故事，並明言「這個故事，啟發我寫了第一輯的《蝴蝶結》」[28]。在此文第二節「美菡與賀頤」，鍾偉民表達了對兩個女子的觀感，美菡虛榮，但他與美菡的交往顯然比賀頤深。鍾偉民這樣描寫賀頤：

> 後來，他見到賀頤，每次當他感到有甚麼事情破滅了、出了亂子，他都會見到她，見到她跟以往一樣

28　鍾偉民：《捕鯨之旅》（香港：新穗出版社，1983），頁 8。

倚着走道前的欄杆等待；阿墨從來不覺得她很美，她就像霧，霧不很美，但美麗了早晨；而她，美麗了黑暗；星子最光最美麗的時候，是在她睫影裏明滅的時候。她這樣站着，皎潔、焦慮、迷戀，訥訥地等着阿墨說話，說甚麼都好，她怕沉默。……他邊走邊想，賀頤的臉孔的確跟那盞紅燈一樣，一天比一天明晰；有時她會枕在泛着紅暈的晚霞上，有時貼在蘸了虹彩的鷗翅上，有時依在文鰩魚閃紫色的胸鰭上；甚至有時會在海中蜃樓的窗牖間，如煙如影地探首，把紅唇化成兩片彩雲，欲泣欲訴。她無限的情愛和堅執。她無處不在的美麗、她能使他同時置身船中和飛越船外的力量，離奇地成為他畫布上動人的色調。賀頤也許將永遠不會再出現在他的身邊，但她的幻影，她所代表的，生活中奇妙的光輝，阿墨只能終生愛戀和被她所愛。[29]

這段文字，補充了〈蝴蝶結〉詩外的訊息，令我們對此詩的創作背景、詩中一對情人的模糊關係，有一定的感知；尤其是「她就像霧，霧不很美，但美麗了早晨」、「她能使他同時置身船中和飛越船外的力量」、「賀頤也許將永遠不會再出現在他的身邊」、「但她的幻影，她所代表的，生活中奇妙的光輝」等句，對理解此詩部分意象、象徵與詩人內在的情感心理的關係，有一定的幫助。

---

29 《捕鯨之旅》，頁 7-8。

八、後話：〈守墓者〉VS〈蝴蝶結〉

〈蝴蝶結〉是鍾偉民〈捕鯨人〉、〈捕鯨之旅〉這兩首長詩之外，最矚目的短詩。我同意黃維樑說此詩「迷離」，但不同意「人稱混亂」。此詩真正難解，甚至不可解的地方，其實不多；相對於洛夫（莫運端，1928-2018）的〈石室之死亡〉，〈蝴蝶結〉在詩思、意象的推衍發展，更為有跡可尋。鍾偉民有幸得到黃國彬這位知音對此詩大力褒揚，其褒揚之力度、所用之措辭，在他的詩評中，也是「罕見」的。而未見諸評論文字，傾心此詩的「暗湧」其實不少。一九八三年，陳錦昌創作了〈守墓者〉一詩，連同〈畫意〉、〈瓷〉、〈迴旋曲〉合成〈情詩四章並題〉，投第四屆「中文文學創作獎」，獲新詩組季軍。在《香港文學展顏》第三輯讀到〈守墓者〉，深喜此詩淒美動人，色彩冷豔，卻總是想到〈蝴蝶結〉。一九九九年和陳錦昌就香港新詩的發展、香港青年作者協會與「余派」的問題筆談，他對各問題都坦率回應，並首次披露〈守墓者〉，極力模仿鍾偉民的〈蝴蝶結〉：

> 拙作〈守墓者〉就一心學他那份隔世的淒美。鍾偉民表面桀驁不羈，而詩情繾綣，感動我的是那若即若離、忽明忽暗的靈魂彩度，幽奇的句韻，彷彿他身上的花紋，驚采絕艷，不可方物。至於我的仿製品，卻停留在黑白片甚至默片時代，無法擺脫沉重、吞咽、感傷的踟躕。[30]

30　這份詩歌筆談的回應，在 1999 年 9 月 27 日收到，未發表。

陳錦昌在一九八八年以「陳可汗」的筆名，出版了第一部詩集《情是何物》，此後的書，則以少了一個字的「陳汗」為筆名。從《情是何物》的書名，讀者多少猜想到，那是一句失落於愛情的叩問，是以詩人在詩集的〈序〉，「感謝寂寞／當一切愛情離開我／仍陪伴我」[31]。〈守墓者〉有船，也有霧，場景彷彿，部分意象、句子，顯示作者的創作意識中，一直有某個參照的隱含文本：

> 岸邊一隻擺渡的舟子
>
> 等待着篝火自我心中升起
>
> 且向黑色的水湄燃燒
>
> 以剩下的枯枝
>
> 延續這短暫的冬夜
>
> 和光之外一聲聲蟲鳴
>
> 把一切凝固，卻永不融化
>
> 是晃動的波光照見你雪似的臉龐
>
> 安詳地躺在落葉和落花中間
>
> 霧來時，你的眼神熄滅了
>
> 我於是打起長篙
>
> 載着你，遠離了岸
>
> 在一個無夢無醒的晚上
>
> 向最幽昧的那方航去
>
> 來到了我的無風帶
>
> 一片寧謐水鄉

31　陳可汗：《情是何物》（香港：時藝製作公司，1988），沒標示頁數。

掀開水底墨茫的世界

曳着長髮，抱你入淼淼波中

再鋪好水面的一瓣瓣漣漪

讓你沉澱到清寒深處

此後，便逡巡在黑夜的流域

細訴一個守墓者的故事

說他迷失了墓的方向

只記得烟水裏數盞蓮燈浮動

卻獨自向無岸處漫溯

相對於〈蝴蝶結〉，〈守墓者〉的故事支架更簡單一點，詩人在想像世界中，抱着所愛的人，把她放到水中，鋪好漣漪，望着她沉到水底；以此隱喻要把一段逝去的愛情，埋藏在記憶的深處，卻又像個守墓人，堅執地守着這份不辨方向的愛。認識陳錦昌的人，相信會感到此詩的立意、所呈顯的堅執，十分個性化，情感的底蘊真實而真摯。儘管在文字的修為上，陳錦昌不下於鍾偉民；但〈守墓者〉以〈蝴蝶結〉為參照，略帶添補修整的痕跡，「在一個無夢無醒的晚上／向最幽昧的那方航去」更是形跡可辨。撇開模仿不說，我想強調的是，陳錦昌在此詩傾心營造，營造得最好的，是淒美；若論對死亡觀照之深刻，死亡視境之獨特，則不及鍾偉民之作。鍾偉民得天獨厚，彷彿具有一雙天生的陰眼，見人之未見，因而其書寫死亡、幽昧世界之筆，寫人之未寫。陳錦昌則是催動詩藝的功力，如女媧煉五色石補天。

生與死的色彩
——析胡燕青〈彩店〉

一、前言

　　一九八一年，胡燕青（1954-）以〈問夜空〉獲第二屆中文文學獎新詩組冠軍。一九八四年，又以〈彩店〉獲第四屆中文文學獎散文組冠軍。詩與散文兼擅的胡燕青，近期的詩，有散文化和小說化的傾向；她的散文，卻很早已伸向詩的領地，頗見詩的觸覺和想像，其中又以〈彩店〉最為明顯。

　　詩，相對於散文，更多地借助意象、暗示和象徵，往往意在言外，方寸之內暗藏機心；也因此，相對於散文，更為含蓄，不易「一眼看穿」。〈彩店〉把散文的門戶開向詩多曲多折的迷花小徑，難免形成解讀上的挑戰。評判之一的盧瑋鑾（小思，1939-），在「評語」中說：

> 　　〈彩店〉是一篇極其小心營造的作品，在取材及遣詞造句各方面，處處可見作者的心思。懷舊與寫實，是作品的主調，但也反映了作者對逝去時代的一些看法。說它懷舊，因為全文並不是從孩子角度看紮作店和街景，而是加上太多成人的主觀色彩——批判或感慨。說它寫實，因它又的確如實地描

繪一條橫街今昔的點滴。[1]

這是對〈彩店〉最早的評論文字。

七十年代，香港經濟起飛，城市化的步伐加快；不少六、七十年代常見的事物，在城市化的過程中逐漸式微，甚至消失。〈彩店〉第一段即寫到賣芽菜和豆腐的鋪子，今天成了快餐店；專門賣米的，早換了小規模的超級市場；而頑強地守了十七、八載的祥生大押，一夜間變了呼必呼必的電子遊戲機中心。聯結社會、時代背景，這樣的開局，難免把讀者引向書寫時代環境變遷的「懷舊」線索。但讀下去，對「詩」的意象、暗示、象徵具一定敏感的讀者，當會發現，胡燕青以經營「詩」的方式經營這篇「散文」，「明修棧道，暗渡陳倉」，在斷續鋪展新舊事物相對照的表層線索下，暗中修建着一條探索生死的主線，而探索的焦點，正是題目的「彩店」——色彩繽紛的紮作店。

這篇論文，嘗試從個人的閱讀體會，分析〈彩店〉的主題和為種種意象、暗示、象徵「遮掩」的深層意涵，提出另外的觀點。

二、紮作店：沒有撤退的意思

在事物變遷的背景中，胡燕青刻意以變寫不變，以此突出焦點物：

1　黃維樑編：《香港文學展顏　第三輯》（香港：市政局公共圖書館，1986），頁 212-213。

一切都變了，就只有這一爿賣紮作的店子，仍執持着舊日的一些甚麼似的，擠在中間，每天打着那些大紅大綠的旗幟，似乎還沒有撤退的意思。[2]

〈彩店〉全文十段，上引的文字是文章的第二段，以「一切都變了」承接第一段，「變」的線索浮於語表，顯得相當突出，格外引人注意。賣紮作的店子為甚麼在急速轉變的時代中能免於倒閉，「似乎沒有撤退的意思」？這不大起眼的一句話，與全文的意涵關係密切，將於下文再論。「變」的線索到了第七段再一次強化——紮作店到了中秋節，兼賣各式花燈，店鋪陰沉的氣氛變得「歡愉和煦」，更多了孩子在店前流連。而花燈「千變萬化，年年給人一個意外的驚喜」，形態、式樣、物料的改變，又進一步強化時代變遷的線：

> 不意到了近幾年，孩子們跑來指指點點的，卻是那翹首作勢的火箭燈，和那盞躍躍欲飛的太空穿梭機。想不到這小店子也還是緊緊隨着潮流走的。我正納悶這些繁複的製作，是否也有虛空的心懷，容納一燭半火，卻聽得那孩子對身邊的同伴說，只需一枚小小的筆芯電，這燈就能照亮到天明。

我相信把此文解為書寫時代變遷、懷舊的讀者，主要是受到第一、二、七段的內容和「舊日」的字眼影響，着眼於這條語表上的線索。這些信息，暗示在電子時代、太空時代

2　胡燕青：《彩店》（香港：山邊社，1989），頁 32。本論文所引〈彩店〉文字，均見此版本，不再標示頁數。

的「今天」，舊式小店鋪、舊式事物，以至未能與時並進的經營模式，都在式微，或遭淘汰；而紮作店在時代的洪流中「未有撤退的意思」，其中一個原因是能「緊緊隨着潮流走」，以變應變。

三、意識死亡：漸漸心慌起來

時代轉變只是一條顯眼的線，卻不是全文的主線。我認為全文的主線，是「我」對生、死的感受和思考，所呈示的心理「成長」過程和價值取向，而其感受和展現方式，都相當詩化。

這條主線在第三段逐步露出蛛絲馬跡。年輕的「我」在凝視紮作店中各式用竹篾、彩紙糊成的紙紮時，生出這樣的感受和聯想：

> 這些紙造的，有個共通點，就是都那麼輕飄飄的，徐徐擺動，發出一種歎息般輕柔的嗤嗤沙沙，一派隨時乘風歸去的模樣，讓人覺得這種熱鬧終究是短暫的、單薄的。凡是淒風苦雨的夜晚，我就會閉眼想像那些終日插在店門旁邊的五色小風車，耐不住子夜的寒涼，蒲公英似的飄到我們的陽台上來，尋求溫暖……

這段文字，意在言外，既寫「我」對紙紮的感覺，也滲入了「我」對生、死的感覺。「我」隱隱感到生命像「紙紮」般「輕飄飄的」，並不實在，隨時在「歎息」中消逝（乘風歸去）。

在她的感覺裏，紙紮連上了一個黑夜的世界；不勝「淒風苦雨」的寒涼，五色小風車也要飄到人間尋求溫暖。這一個片段，「黑夜」的大背景與「五色」小風車互相映襯，更以「淒風苦雨」渲染氣氛。「蒲公英」既是兒童的植物玩意，也是飄泊流離的象徵；既可以讓人聯想到童心，也可以讓人聯想到生命無根。種種意象疊加，構成了感覺複雜的淒美視境。

作為觀察對象的紮作店與居處其中的陽台，這兩個地方在作者朦朧的感覺裏，前者彷彿是寒涼的幽冥世界，後者宛如溫暖的人間。這種聯結生死的二分感覺，到了第四段放大了一端，寫她對死亡的意識、驚慌，以及母親怎樣燒衣紙事鬼神。作者刻意以孩童的視角開展敍述（其實不乏成人的感受），顯然是為了呈示「我」的心理「成長」過程——初時覺得彩色的小方紙「蠻好玩」，就偷起幾塊來剪剪貼貼，摺鳥造船；後來知道是燒給死人的，「竟漸漸心慌起來」。小孩子開始感受到死亡的壓力，並通過觀察成人事鬼神的投入過程、恭謹態度，而有了更深的感知。感覺的深化，表現為視覺意象所蘊藏的感受力和暗示力的刻意聚焦：

> 儀式過後的早晨，一定有風，捲起街角團團簇簇的灰燼，和幾片錯時的黃葉。光天化日之下，這低迴的舞姿讓人感到那幽冥的國度，也並不那麼僻遙。我試着拾起一張燒餘的衣紙，焦去的一半立即風化，黑色的粉末驟入空無，不復能見；依然鮮艷的另一邊，卻仍扎扎實實的在我指縫間抖動飛揚……

「灰燼」與「黃葉」並舉，暗示生命的灰飛煙滅、葉落歸根；「一定有風」，呼應前文的「乘風歸去」。「幽冥的國度」首次明點死後世界，暗線至此顯露。而燒餘的衣紙，一端風化而「驟入空無」，一端仍在指間「抖動飛揚」；從「有」到「無」，從「生」到「死」，從「陽間」到「陰間」，生死如此促變，如此聚焦入於眼底，及於心底。

「我」的意識中，總糾纏着生與死、人間與幽冥的兩個世界。

四、幽冥使者，隧道口子

孩子由對死亡、鬼神的「無知」，把燒給死人的彩紙當成勞作，當成帶來歡樂、「蠻好玩」的玩意兒；到對死亡、鬼神的「有知」，而感到「心慌」，一條「心理變化」的線從不同的情感詞語中一點一點地編織出來了——「我」看到母親「恭恭謹謹」走到街上燒衣，望着火焰中「掙扎扭纏」的金蛇，心裏有一種「奇怪的安靜」，進而認為「過去了的人」會感念生者如此殷勤侍奉，「庇佑我們一家子」。「我」從旁參與、觀察、間接與鬼神打交道的經驗，深化了對幽冥世界的感受，因而對紮作店產生了「莫名的敬畏」，進而由店及人，感到經年躲在櫃枱後面的店主人「忽然變得智慧起來」，並對他產生了「濃厚的興趣」——很希望知道這位我等族類的店主「人」，怎麼能薄利謀生，而又能與「鬼神」打點衣食，交友往來。

順着這種好奇心，作者的筆觸終於像電影鏡頭移近神秘的

店主人；但所描繪的人物，經過主體對死亡、陰間的想像和情感過濾，彷彿鬼域骷髏、幽冥使者，帶點讓人不安的陰氣：

> 他穿着深色唐裝，頭髮灰白，手指和骷髏一樣瘦，就只多了十個拱型的指甲，顫巍巍地鉗起一紮香，遞將過來。

胡燕青巧妙地為店主人的「樣貌」留白，讓讀者自行想像，各自為腦中的「他」化妝、造像，令人更覺「無面目」的詭異不安；而紮作店難以看清的昏晦幽深，在「我」的感覺中，就上升為從陽間通向陰間的隧道，「死亡」的入口：

> 至於他的樣貌，唉，這裏面的燈光也實在太暗了，雖然滿鋪子都是彩木鑲成的小圓鏡，和長長短短的赤帶紅綢，說是能驅昏逐晦的，卻仍教人感到沉沉漠漠，愈往裏愈是茫然，像有一個隧道的口子在那裏張着，永無止境地通向一個不為人知的地方……

「我」看不清紮作店幽深的底裏，暗示生與死的距離，和死亡無法清楚窺探，只能在陰陽的交界用感覺與想像接觸。而紮作店經過中秋短暫的熱鬧和溫煦後，花燈消失，回復原來的深沉、冷淡，半天沒有顧客進出。「我」由此主觀地、迷信地認為：「大概真有鬼神在背後贊助撐腰，這鋪子才不至於改頭換面，變成一所時裝店……」，以此回應開端紮作店沒有被時代淘汰（似乎沒有撤退的意思）的疑問。

五、榮華富貴：人性中坦率的夢

〈彩店〉寫到第九段，對生死的探索漸見深刻。重陽剛過，「氣候恍恍惚惚的難以捉摸，曬着太陽還有些熱，走到陰處就覺着幾分輕寒了」，這樣的一筆，彷彿預示甚麼詭異的東西出而祟人，頗能營造氣氛。「我」蹦跳着正要去買粥點作早餐，卻幾乎與一堆攔路的紙作撞個滿懷——一所紙糊的三層大宅，廳房十來個，大門上的橫匾寫着「榮華富貴」。「我」呆住了，不禁感喟「這是個多坦率的夢啊」。紙糊的大宅，有雜物被鋪、麻將牌子、扭開的電視機、唱着歌的臉。這使「我」悟到：「看來這腳底下的世界，並不比我們的有趣，要不然也無須把這林林總總的人間娛樂也一同帶進去了。」

「我」作了上述的思忖後，「覺得好笑，竟真的站在那裏笑起來」，這種笑，多少有點以此為怪的意味，但還未到不表認同的價值判斷層次。這篇文章對幽冥世界的渲染和想像，在這一段的結尾達到高潮：作者終於和走到門外撒荼蔴的店主人正面相遇，但始終沒有描寫他的樣貌：「我抬頭，就見他正幽幽的望着我，像在怪我在不該笑的時候笑。我感到一種深寒，自足踝迅速升起。」同時，她幾乎被一輛紙糊的墨黑小轎車撞到：

> 一回頭，赫然是一輛墨黑的小轎車，正蓄勢欲來。我急忙躲閃，才曉得那也是紙糊的，卻脹篷篷幾可亂真。裏面怔怔坐着一個制服井然的司機，雙手緊握着方向盤，專注的眼睛釘死在一個遙遠的點上，

　　臉上一副矢志不移的淡靜。我順着那目光望去，只
　　覺心中蕩然無着。

作者運用錯覺技巧，把墨黑的紙紮小轎車寫得像要主動朝她
撞過來，寫得詭異陰森，令人想到狄瑾遜（Emily Dickinson,
1830-1886） 的詩〈因我不能停下來等待死亡〉（Because I
Could not Stop for Death），寫死神駕着馬車來臨，載着永生
的承諾，好心地停下來等「我」。胡燕青這一筆，寫紙紮的
黑色小轎車蓄勢欲來，司機無神的雙目死朝着一點釘視，似
乎還暗示死神總在某一個神秘詭異的時刻，「赫然」駕着黑
車來臨，「矢志不移」地把人載到一個遙遠的點上。

　　這一段寫人對死後世界的想像，對「榮華富貴」生活的
追求或留戀，指向人性中普遍存在的「坦率的夢」——對死
後美好世界的嚮往。就像文中的暗示，現世的房子「凌亂擠
逼」，寄望死後擁有「設備齊全」、「從容優裕」的大屋。靜態
的、平面而凝固的「紙糊大宅」，與作者所住的、充滿人事
活動和豐富感官體驗的「戰前舊樓」，形成對照。紙糊大宅
方桌上的麻將牌子，「似乎在等候一個熱鬧的聚會」，呼應第
三段「讓人覺得這種熱鬧終究是短暫的、單薄的」。

六、生與死的色彩：「我」的價值取向

　　死亡的壓逼感加強，甚至迎面「撞個滿懷」，使「我」在
彷徨中把視線轉向一幢熟悉的樓宇——

　　　輕輕的我噓出一口氣。迎面這戰前的舊樓，已

《彩店》初版（山邊社，1989 年）

《彩店》第二版（匯智出版，2011 年）

經很老了，牆灰剝落處，石榴綻笑似的爆出許多磚
石的殷紅。一羣鴿子盤旋練飛，那白色的牆壁就在
牠們閃爍的翼影下，反射着早晨金色的陽光。露台
外面，一件件猶濕的衣服參差舞動。衣架後面那些
泥盆子，正溢出幾泓飽滿的青葱。滿屋子的人間煙
火，正向着我款款游來。我快步走過那沉悶得發慌
的紙店兒，向車水馬龍的大街走去……。[3]

這收筆的一段，第一句已經滿有深意。「輕輕的我噓出
一口氣」，語表指向驚恐，語裏卻指向「生命的氣息」，與無
生命的紙人相對照。這巧妙的過渡，引出下文對色彩的探討
——作者刻意描寫人間種種充滿動感和生命力的色彩，與
「彩店」平面單薄、沉靜死板、缺乏生氣的色彩作終極碰撞。
戰前的舊樓雖然蒼老殘舊，但內蘊強烈的生命力，「石榴綻
笑似的爆出許多磚石的殷紅」，「石榴」暗示綿綿繁衍，生生
不息；「綻笑」含有喜悅、躍動的情意；動詞「爆」字，無聲
而有聲，力量十足，同時暗示這老房子活力充沛；「磚石的
殷紅」令人聯想到牆灰的皮層下流動着人一樣的鮮血。鴿子
盤旋練飛，對照第四段「摺鳥造船」卻不會動的紙鳥，牠們
在白色的牆壁上投下生命閃爍的翼影。「早晨金色的陽光」指

3　這個結尾，有點像第一屆中文文學創作獎小說組冠軍〈凶室〉的結
　　尾：「花園裏，晨風陰寒，天上的烏雲壓得低低的，五月的天氣仍
　　然變幻不定。我深深呼了一口氣，想起爸媽可能已在辦公室等我，
　　於是我加快腳步，向那邊走去。」見《香港文學展顏——市政局
　　一九七九年中文文學獎得獎作品及文學週講稿》（香港：市政局圖書
　　館，1980），頁 171。

向誕生，而「金色」，因太陽化育萬物之功和黃金物質性的貴重沉重，在中外文化中往往視為莊嚴、可以驅散邪惡陰霾的神聖色彩，與黑夜、黑色粉末、昏晦陰沉的彩店相對照。「猶濕的衣服參差舞動」，無人而有人，曲寫洗濯活動，既呼應開端母親在陽台上曬冬衣，更暗中與前文瞬間成灰的「元寶衣裳」對照。「正溢出幾泓飽滿的青蔥」指向豐盈、潤澤的生命。殷紅的磚石、白色的牆壁、黑色的翼影、金色的陽光、青綠的植物，這些內蘊生命活力、與動態事物補映烘托的色彩，針鋒相對地指向徒用竹篾、薄紙撐起的「七彩繽紛」的軀殼。「滿屋子」流動的「人間煙火」，又與焚燒「紙屋子」構成的「陰間煙火」相對照。在重重或明或暗的對照中，「我」用行動顯示她面對兩個彩色世界的價值取向：「我快步走過那沉悶得發慌的紙店兒，向車水馬龍的大街走去……。」

最後一段的最後一句，還是用省略號結束。作者在第一、三、五、六、八、十段，即大量運用暗示、象徵手法的段落，佈置了路標一樣的提示——都在最後一句運用省略號，暗示有省略、截去和隱藏的語意，請讀者注意、深思、用想像填補。

文章至此，完成了「我」以紮作店為中介，對生命、生死思考的歷程，完整地呈現了「我」對此問題的心理成長線索：由「漸漸心慌」到「奇怪的安靜」再到「莫名的敬畏」，然後由紮作店轉而對店主人「產生了濃厚的興趣」，主動探索的結果是感到紮作店「沉沉漠漠」，像有一個隧道的口子在那裏張着。彩店經過中秋短暫的「歡愉和煦」，過後又變回「深沉」，掩飾不住「骨子裏的冷淡」。重陽剛過，模樣「平

和」的紮作店竟然「霸道得教人心悸」，終而使「我」在「徬徨」中抉擇，要快步離開這「沉悶得發慌」的紙店兒，向熱鬧的人間、車水馬龍的大街走去。

七、季節與生命的循環：永恆不變的死亡定律

當我們讀到結尾，解開色彩背後的意涵，回過神來重讀開端，才發覺第一段其實早佈下引動全文發展、有助深化意涵的線索：

> 春天還沒走遠，母親就把一家老小的冬衣都捧了出來，攤在陽台上曬。這樣一攤又是一年，我們竟在這短短的橫街上足足攤上了二十多年了。每天進進出出，這舊樓的木梯子已經被鞋底磨出亮光來，那吱吱的叫聲也就變得更理直氣壯。街上許多鋪子，換了一回又一回，以前賣芽菜和豆腐的，今天成了快餐店，那專門賣米的，早換了一所小規模的超級市場。街口那祥生大押也算頑強了，守上有十七、八載，總以為可以撐下去，誰料一夜之間就變了電子遊戲機中心，呼必呼必地引來一大羣孩子。午後，陽光朗朗地敲進小街來，把那些絢麗繽紛的新款自行車照得耀眼，在它們蹦跳的鈴聲中，孩子們好像長高長得格外的快……

這段文字，佈置了四條線：（1）季節輪轉，時光流逝；（2）事物在人事活動中的變化；（3）街上的舊店鋪倒閉，具新時

代標誌的店鋪取而代之，顯示時代變遷；（4）生命的成長。

首段和末段其實互相補映烘托，末段是「我」隔着街道的距離凝望住了二十多年的戰前舊樓，描寫的焦點是舊樓的外牆和露台的事物，而第一段則輕輕交代「我」和家人在樓中生活的點滴，舊樓的木梯子被鞋底磨出亮光來，發出吱吱的叫聲，既可納入「變遷」的線，也同時暗指充滿聲色生氣的「人間煙火」。兩段互補，就連起了樓中和樓外的世界，以母親在露台曬衣始，以「我」隔街凝望露台的事物終，構成首尾相接的結構圓環，更意味樓中和樓外的人情物事，共同釋出「滿屋子」的「人間煙火」。換言之，結尾刻意探討的色彩意涵，其實在首段早佈伏筆──「陽光朗朗地敲進小街來」、「絢麗繽紛的新款自行車」，「我」其實一直活在充滿生命亮色和成長喜悅的人間。甚至在通感的技法上，首段和末段也有平行相對之處──「陽光朗朗地敲進小街來」與「滿屋子的人間煙火，正向着我款款游來」首尾平行── 不妨視為作者暗示兩段文字關係密切。

（2）和（3）的線索，在後文的發展中可視為顯線；如加大聯想能量，部分事物的名字，也有對線路的暗示作用。例如「快餐店」，暗示這是個求快、求急的時代；「祥生大押」一夜間倒閉、「死掉」，對它的名字不無反諷意味，而「生」，正與全文主題相涉。作者以事物的「有限」，襯托生命的「有限」。（4）的線索，一方面與主題密切相關，一方面對不動聲色的心理成長線索，發揮暗示作用。像房子的裏外相連，生命的成長，也包含了外顯的身體變化與隱藏的心理發展，進而形成一個人的人格和對事物的價值取向。（1）的線索引起

我的思考，在於它置於全文開首的顯要位置。而季節的輪轉與生命的輪轉，在文學的詮釋中，早已成了慣性黏合的隱喻。

「春天還沒走遠，母親就把一家老小的冬衣都捧了出來，攤在陽台上曬。」開端刻意明點春冬兩個首尾季節的名字，暗示季節輪轉，而季節輪轉的線，在後文描寫的時令節日中時隱時現——清明、盂蘭、中秋、重陽，尤其側重夏秋，連上文首，構成了四季的更替。饒有意味的是，文中提到或寫到的人物——孩子、「我」、「我」的母親、紮作店的主人，在年齡段上又可詮釋為分別代表童年、青年、中年、老年，剛好與春、夏、秋、冬四季相對應。從這個角度理解，以季節與生命的循環作為「彩店」的底色、思索生死的背景，又糅合了「變」與「不變」的思考，諸線交織，或許可以這樣詮釋「彩店」為甚麼能頂着時代急速轉變的洪流：季節輪轉，生命輪轉，萬事萬物都經歷成、住、壞、滅的過程——房子從新變舊，牆灰剝落；店鋪撐了十七、八載，一夜倒閉；人從孩子變成老人，手顫髮白。事物在崩壞，在變化；生命在輪替，在轉變。永恆不變的，是人「終必一死」，因為人性中對死後世界存有種種「坦率的夢」，對不可知的鬼神心存「莫名的敬畏」，對逝去的親人存有感念顧惜之情（祖母忌辰），於是，成就着坦率夢想、浸染着宗教文化的「彩店」，得以頂着變遷，「似乎沒有撤退的意思」。

八、深深被宏大的主題吸引

〈彩店〉寫於一九八四年，胡燕青第一個孩子已經出

生。她在一九八八年出版的詩集《日出行》的後記〈春天的破衣下——橫亙在童年和暮年之間〉中，仔細描述了個人在詩歌創作上的反省和心路歷程。她說之前的一段日子「虛榮而狂妄，以為至境不遠……害怕墮落，也焦急要上升」，而由八〇到八四年間，「深深被宏大的主題吸引着」、「不甘於『道在便溺』」，直到第一個兒子出生，她對許多事情的看法大大改變，對創作與為人之間，也作了深切的反省，認為「回歸人生，竟是我義無返〔反〕顧的唯一出路」。[4]

胡燕青是爭勝心頗強的作家，卻同時是用誠意反省創作意義的作家。〈彩店〉由描寫一爿紮作店，層層上升，終而穿向象徵層，探索人生終極的死生大事，與她那時候的創作深為宏大的主題吸引，不無關係；而文章對生死的思考，結尾表示要走向熱鬧、充滿生氣的人間，也是那時候的深切反思。

第一屆中文文學獎散文組冠軍——黃世連（黃河浪，1941-）的〈故鄉的榕樹〉，和季軍——余珊珊（1958-）的〈掌紋、葉脈〉，都是詩化的散文。評判司馬長風（胡欣平，1920-1980）在評論第二名的作品〈二上九龍灣〉時，明確談到以「含有多少詩意」作為個人衡量散文高下的標準：

> ……衡量散文的高低，看它含有多少詩意，是一個可靠的標準。一般說來，小說着重敘事，文字就沒有那麼講究，換言之，小說不及散文，較迫近詩的境界。

4　這一段所有引文見胡燕青：《日出行》（香港：山邊社，1988），頁124-125。

其次是看表達的意境，形象化的程度。小說當
然不及散文。因為敍事不能太含蓄、矇矓〔朦朧〕，
但散文則無礙。[5]

第二屆的冠軍作——鍾曉陽（1962-）的〈販夫風景〉，
這篇描寫平凡販夫的短文，修辭技巧相當突出：「只要是夏
天，『荳腐花』的吆喝聲便一路熾熾烈烈要斷不斷的，坡下喊
到坡頂，然後又一跌一蕩的滾回去」、「（荳腐花）暖烘烘盛
滿一碗往回端，往往以為盛着一窩雲，陽光下笑得好開心的
樣子，真的難道不是，雲竟在我手裏呢，一朵開心的雲」，[6]
詩的觸覺、想像之外，「通感」手法更是「神采飛揚」。

雖然中文文學獎每一屆的評判都不盡相同，但初期散
文組獲三甲的作品，往往文辭奪目兼且帶有詩質，卻是顯
見的風格。在這樣的背景下，我們可以想像手握詩筆的胡
燕青，如何發揮優勢，「傾力」朝向此一可感的評選標準、
獲獎風格，用經營詩的方式經營這篇冀望在文學獎中掄元的
力作。[7]其寓意之多層，結構之用心，修辭之計較，文辭之
整飾，意象之警策，技法之複雜，在胡燕青的散文中是罕
見的。尤其在「通感」的運用上，〈彩店〉更是匠心獨運，例
如「陽光朗朗地敲進小街來，把那些絢麗繽紛的新款自行車

5　《香港文學展顏——市政局一九七九年中文文學獎得獎作品及文學週
　　講稿》，頁 96。

6　以上兩段引文，見鍾曉陽：《春在綠蕪中》（香港：大拇指半月刊，
　　1983），頁 91。

7　胡燕青曾在八十年代中的一個座談會上公開說，當年為了買房子，
　　向朋友借了錢做首期，參加這次中文文學獎，其中一個原因是為了
　　得到獎金還債，當時筆者在場。

照得耀眼，在它們蹦跳的鈴響中，孩子們好像長高長得格外的快」。胡燕青的碩士論文研究李賀（790-816），「陽光朗朗地敲進小街來」，令人想到李賀〈秦王飲酒〉「羲和敲日玻璃聲」，但這個通感不算突出。倒是「蹦跳的鈴響」線路頗多，十分巧妙。「蹦跳」一詞，既源於自行車的響鈴上下撥動的操作動態，也緊密聯結孩子「蹦跳」的形象，[8]更因意生意，生出「長高長得格外的快」的聯想，而「蹦跳的鈴響」，以動態寫聲音，又成為後文描寫充滿動感和生命力的事物所鋪下的伏線，並對主題發揮暗示作用。又如結尾「正溢出幾泓飽滿的青蔥」，以水的「溢」出和形容清水一道的量詞「泓」來描寫植物，連結前文內容，暗示陽光、雨露恩澤萬物，使盆裏的植物飽滿水潤，生機滿溢。後文另一通感句子「滿屋子的人間煙火，正向着我款款游來」的「游」字，[9]又緊黏「溢」與「泓」，「溢」出而不用「流」，是要賦予其「主動」迎「我」的深情，甚至到最後的一句「車水馬龍」，仍緊抓「水」的聯想不放，可謂水到渠成，圓滿收結。全於「石榴綻笑似的爆出許多磚石的殷紅」，通感中套通感，更糅合擬人、比喻、象徵，如此高密度的修辭，如此多向的詮釋，難怪〈彩店〉

8　此文部分段落出以孩子的視角，某些用詞、意象，也指向兒童，例如第九段寫作者「蹦跳着正要去買粥點作早餐」，用「蹦跳」一詞，和首段「在它們蹦跳的鈴聲中，孩子們好像長高長得格外的快」，似有某種呼應和連繫。

9　「游來」、「流來」是胡燕青常用的通感技巧，即不出水的聯想，例如〈散入蒼生話劍橋〉的第八節：「一絲清婉的歌聲，越過透明的晚波和垂柳，向我們幽幽游來」、「草是濕濕的；隔水游來是那靜寂中的歌聲，泗向我們的心潮，也是那麼濕濕的」、「站着的、坐着的、懷舊的、戀愛中的人們，走出了紅磚古築的大門，走過埋足的草葉和樹蔭，輕輕的向歌聲流過來」。見《彩店》，頁 105-107。

的意涵如此複雜、不易看穿。錢鍾書（1910-1998）在〈通感〉中，説十九世紀末象徵主義詩人對通感「大用特用，濫用亂用，幾乎使通感成為象徵派詩歌的風格標誌」[10]。象徵手法當然不等於象徵主義，通感也不是象徵主義的專利；但象徵主義詩人大量運用通感，意味這種手法有助表現主觀感受、多義、暗示和象徵。〈彩店〉從詞句的象徵到主題的象徵，頗賴詩歌常用的通感手法，似乎是以詩為文，詩化過程中某種詩藝的轉移結果，有助激發讀者的聯想，豐富感受，連結多條線索；但更重要的，是感覺挪移（通感）能在緊縮的語句中營造多感官體會，有力托出展示主題的「人間煙火」。換言之，這些技巧的閃光，並非徒具裝飾，眩人眼目。

當我們説〈彩店〉詩化，不妨把這篇詩化的散文連起胡燕青對詩的創作意識、技術要求、自我期許，這樣互相映照，或許能照見更多背後的觀念、心志。胡燕青在一篇筆談中説：

> 過去我寫詩許多時受制／受惑於語言的魅力和意象的警策。不錯，語言的精準、節奏的生命力確是詩的條件——但那只是基本條件（沒有這些條件的，只能算是詩的習作），所有的好詩都必須進一步具備感情和／或識見上的深度、幅度和高度（你一定已經想起杜甫了）。哪一個偉大詩人沒有這樣的反省和追求？[11]

10　錢鍾書：《七綴集》（香港：天地圖書公司，1990），頁75。
11　王良和：〈與胡燕青筆談〉，《文學世紀》第三卷第二期總第23期（2003年2月），頁40。

　　拿這塊鏡子映照，〈彩店〉語言、意象之講究，內容之表裏多層，主題之縱深，都是藝術上的矢志追求，加上競賽求勝的意識，〈彩店〉可說施足「火力」，更是胡燕青「火力」最猛的散文。盧瑋鑾對這種用力之處，有欣賞，也有批評。她給〈彩店〉的評語，最後一句是：「說作者小心營造，是優點，但也成為一些缺點——通觀全文，就稍欠自然揮灑了。」[12]

九、兩個層次：作者創作的原意

　　胡燕青大概深知這篇散文意涵豐富，不易索解，因此得獎作品結集前，應主辦單位公共圖書館的要求撰寫作者簡介和得獎感受，就對這篇散文作了頗為詳細的自剖：

> 　　我選了一所賣紮作的鋪子，作為這篇創作的題材，原因很簡單：它給與我豐富而具體的感覺。它教我覺得熟稔、親切，它透溢着泥土味兒，同時又使我感到恐懼、疑惑和好奇。它站在活人與死人之間，神秘而昏暗，卻又無比的華麗。它的門面總是大紅大綠，內裏卻是黑沉沉的，那種氣氛，總使我聯想到另外一個世界。有時我不禁懷疑，那就是通向死亡的一個秘密入口。
>
> 　　創作的時候，我試圖以至少兩個層次來寫。在

---

12 《香港文學展顏　第三輯》，頁 213。

第一個層次上，我希望能表現一個實象，一種可觸可感的生活；在第二個層次上，我希望能夠透過一些意象和象徵，走向一個較為廣闊的境界，並且對其作出適當的刻劃；最後，我盼望通過這一篇創作，展露「我」（作為一個人）無奈地處身於此的感覺。

　　七色的生命背後就是幽暗的死亡。彩店給我的啟示是珍惜，因為一切色彩都是單薄而短暫的。[13]

是的，由漢堡包、可樂、快餐店、超級市場、電子遊戲機中心、火箭、太空穿梭機這些符號建構的「新時代」中，舊事物加速式微、消逝，生命輪轉，事物壞滅；胡燕青在〈彩店〉，特別在結尾描寫「人間煙火」的事物裏，流露了對單薄而短暫的色彩的「珍惜」之情；她寧願事物、色彩、生命未「驟入空無」，仍握在手中時，看到它「扎扎實實的在我指縫間抖動飛揚」。

在創作〈彩店〉的「階段」，「焦急上升」、追求偉大「至境」、「不甘道在便溺」的胡燕青，因為新生命的降臨，使她對生命、死亡、人生、創作，作了深切的反思：「自雲端帶回大地」、「以蒼生的卑微感念宇宙、憐惜萬物」、「在孩提與白髮的中間，我決意找尋自己年青而有力的，作為一個人的印證」。[14] 於是，胡燕青的散文，筆觸伸向兒女的趣事、老

13　《香港文學展顏　第三輯》，頁 208。

14　以上引文見〈春天的破衣下——橫亙在童年和暮年之間〉，《日出行》，頁 125、127。

師的教誨、平凡的街道、吃飯看報的夫妻……。〈彩店〉步步為「營」、「高」屋建瓴、「匠」心獨運的細琢精雕，鮮見於她中後期的散文。無論如何，〈彩店〉是胡燕青早期散文的代表作，展現了高度的文字敏感、成熟的修辭技巧和佈局謀篇的功力。

反思生死、人生，對於胡燕青來說，具有正面和積極的意義。研究「死亡哲學」的段德智（1945-）說：

> 死亡也並非像某些人所想像的那樣，只是人生的一個消極的或否定的（negative）階段，而且也可能構成人生的一個積極的和肯定的（positive）階段，構成人生的一個具有特殊意義的「成長」或「昇華」階段。因為一個處於這樣一種人生階段的人才極易真正地「擺脫俗累」，毫無偏見地反思人生和世界，從而窺見人生和世界的「終極實在」，本真地體悟出人生的真諦。[15]

經過此一「成長」或「昇華」階段，胡燕青創作的取材、風格不但有所轉變，個人更在一九八九年復活節，「接受了耶穌基督為救主」[16]；此後，她談宗教信仰，以至談詩論文頗常

---

15 段德智：《死亡哲學》（北京：北京大學出版社，2006），頁 10。

16 王良和：〈在自省中不斷開拓詩藝——與胡燕青談她的詩〉，見王良和：《打開詩窗——香港詩人對談》（香港：匯智出版有限公司，2008），頁 216。胡燕青八十年代與基督教背景的《文藝》編輯黎海華、《突破》主編李淑潔等時相往來，不少作品發表在基督教的刊物上，1987 年 1 月開始，更在《突破》撰寫名為「心頁」的專欄。

強調「終極宏圖」、「終極視野」──「就是看得見上帝的世界，就是承認祂存在和掌權的國度」[17]。一九九五年更出版了詩集《我把禱告留在窗台》上。

十、結語

> 我快步走過那沉悶得發慌的紙店兒，向車水馬龍的大街走去……。

走過車水馬龍的大街，胡燕青會做些甚麼呢？──且看〈春天的破衣下〉的結尾：

> 我們走過馬路。沿街而下，拐個彎就是正街市集。我們去買節瓜做菜，那是冬末春初才開始有的，快夏天了，一定更美味。[18]

有了兒女，當了母親，和孩子一同買菜，看着、感受着孩子成長，反思着創作與生命，胡燕青的心志、觀念和心境都變了；〈彩店〉之後，在胡燕青散文創作的歷程上，乃有平易近人，真摯幽默，書寫「人間煙火」的《心頁開敞》、《我在乎天長地久》、《更暖的地方》。

17　《打開詩窗──香港詩人對談》，頁 221。
18　《日出行》，頁 128。

Hong Kong Arts Development Council 資助

香港藝術發展局全力支持藝術表達自由，本計劃
內容並不反映本局意見。